千年戦争アイギス

10th Anniversary stories

ひびき遊、仁科朝丸、籠乃あき、青本計画、川添枯美、むらさきゆきや

CONTENTS

槍騎兵キャリー、駆ける！

ひびき遊

■「海底」と「ポセイオス」の戦いの後で

「うーん！　今日も海には異常なし、ですね！」

水着姿で愛馬に跨がり、槍騎兵キャリーはのびをしつつ、水平線を一望する。

――ここは王国軍が海神たちを退けて取り戻した、南国の港町だ。水没していた土地から水が引けば、どこまでも白い浜が姿を見せた。

少し前までこの地が戦場だったとは思えない、美しい青い空と海が広がっていた。長い緑の髪を潮風になびかせながらキャリーは、煌めく砂に馬の足跡を刻んでいく。

着ているのはピンクストライプの水着だが、けっして遊んでいるのではない。愛馬には鎧をつけて、そこに長い槍を懸架している。日課の定期巡回なのだ。

いつ、また敵が襲撃してくるか――。町にはまだ、多くの王国兵士が駐留していた。

統率者たる王子は、残念ながらもうここにはいないが。彼の人は忙しく、今も世界のどこかを飛び回っている。

（警戒任務も大事な仕事だけれど、また王子のお側で戦いたいなあ……）

麗しき乙女ではあるが、キャリーは王国奪還の最初期から戦っている古参兵だ。

王子との初めての出会いは――女神アイギスによる「召喚」だった。

西の地の騎兵であったキャリーは、あの日から王子のために槍を振るうと誓ったのだ。

（魔王も討伐して、一応の平和は得られたけれど）

浜を往復してくれれば最後には、いつものように立派なヤシの木を見つけ、馬を寄せた。

深紅の刃がついた槍を、軽々と手にすれば――。

「はッ！」

頭上に振るい、一突きで丸々としたヤシの実を落とし、キャッチした。

「ほうほう。これはまた、甘～いジュースが詰まってそうですね！」

ついでの手土産ににんまりしながら、キャリーは浜から引き上げる。

愛馬の背に乗ったまま進めば、赤い瓦屋根の町並みが出迎えた。ようやく復興が始まり、日焼けした現地の人々が通りを行き交っている。

だがまだ一部、半壊したままの区画があった。そこには大型の布テントがいくつも張られており、「竜が剣と盾を持つ」王国の紋章が掲げられている。王国軍の駐留地だ。

もっとも昼間はキャリーのように皆、警備や復興の手伝いで出払っている。残っているのは事務手続きで離れられない、士官くらいだ。

馬から下りたキャリーはヤシの実を小脇に、奥に残る小さな家屋を訪問した。暑さで開かれたままの扉をノックして、お伺いを立てる。

「はーい、ケイティさん！　キャリーの特製ヤシの実ジュースの差し入れですよ～」

「あら。いつもありがとうございます、キャリーさん」

机と椅子が置かれただけのそこにいたのは、眼鏡が似合う金髪美人だ。

こんな南国でも青い士官服をきちんと着こなした、戦術教官のケイティである。

王国の上級武官である彼女だが、今は王子の命によりこの町の監督役を任されていた。

「ちょうどよかった。実は頼みたい案件が回ってきまして……」

「え？　なに、私にですか？」

「はい。キャリーさんが適任だと思うのです。こちらですが」

ヤシの実と引き換えに、ケイティが一枚の書類を差し出してくる。

そこに書かれている内容は。

「……王国軍の歩み？　えーっと」

「これまでの戦いの記録ですね。振り返れば、かつての英雄王とともに戦った『英傑（えいけつ）』の方々も仲間に加わり、魔王討伐後から軍に入ってきた者も多くなり……このあたりで実際に王子がどう奮闘してきたのか、その正確なところをまとめたいと。そこで改めて、戦場となった土地を巡って、回想録を編纂（へんさん）して欲しいのです。足の速い馬を駆るあなただからこそ、任せられるかと」

「あー……なるほど。書類仕事は得意じゃないですけど……」

ふむ、とキャリーは少し思案する。しかしケイティの言うとおりだ。

「古くから王子を知る者の中で、あちこち回れるのは、確かに騎兵の私くらいですね」

「ええ。あなたの愛馬が健脚なのは、周知の事実ですし。……たまに暴走しますけども」

「うっ！　さ、最近は大丈夫ですって！　ともあれ――任されました！」

背筋を伸ばして返事をする。断る理由などない。手にした書類には、王子の承認印が押されていた。これは王子直々の案件なのだ。

「王国のため、王子のため！　この槍騎兵キャリー……出立の準備をしますね！」

「助かります。海底での戦いから最近の出来事までは、私が担当しておきますので、キャリーさんはそれ以前の記録をお願いしますね」

「はい！」

「もちろん、出向くなら水着以外の格好にしてくださいね。王国の者として！」

「……わ、わかってますって、あははは……！」

なし崩し的に水着で仕事をしていたが、武官として思うところはあったようだ。最後にケイティに鋭く刺され、キャリーはそそくさと退散した。

小屋の前で待っていた馬を引いて、馬房のある自分のテントへと向かう。

だが気分は昂ぶっていた。足取りが自然と軽くなる。

それが伝わるのか、愛馬が興奮気味にぶるるッ、と鼻を鳴らした。

「うんうん！　ついでに懐かしい顔ぶれにもきっと会えますね！　……みんな元気でやってますかねえ？」

■「鋼の都」を護る者

「よーし、見えてきました！」

紅い鎧に身を包んだ「第二覚醒」の姿で愛馬を駆って、はや数日――。

キャリーとともに聖霊の加護により強化された馬は、海岸沿いの長い街道を走破した。

その先に鈍色の無数の煙突が立つ、巨大な都市の姿を捉える。

「今日は野宿しなくて済むでしょうか。やれやれ……」

その入口は海に面した、港側にある背の高い通用門である。

馬に乗って近づけば、重そうな鉄門が勝手に開いて、キャリーたちを迎え入れた。

「おお！　魔法……じゃないですよね？　これって」

すべて機械により自動化されていた。ケイティから「掲げるように」と指示のあった、馬につけた王国旗のおかげだろうか？　それを通用門上のレンズが確認していた。

大型の帆船がいくつも入れる港内に馬を進めるが、そこに人の姿はない。

代わりに動いていたのは、馬より大きな昆虫型の機械だった。

多脚を動かし黙々と、材料となる分厚い鉄板を運んできたり、鉄骨を組んで港の一部を拡張工事したりしている。

その光景を前にして、愛馬の足がぴたりと止まった。

「うん、わかりますよ。この前はああいうの……みんな敵だったんですから」

馬から下りて槍を構えつつ、キャリーはしかし、機械どもに敵意がないのを確認する。

まるで鋼でできた巨大な昆虫だ。近づいたキャリーにレンズのついた頭を向けるも、かつてのように襲いかかってくることはない。

大丈夫、とキャリーは槍を下ろして、愛馬に白い歯を見せた。

「もうここに、機械を操っていたゴブリン博士はいないですよ。平気平気」

——忘れずにキャリーは、ケイティから渡された手帳とペンを取り出す。

「えーと……そう。来たときは海を渡って、この『鋼の都』に入ったんですよね。でもそこはすでに、魔物の手に落ちていて……」

古くから、王国とも親交の深かった工業国家だという。魔物の復活により航路が断たれ——その間に、ゴブリン博士が制圧に乗り出したのだ。

(確か、ゴブリンクイーンが事故で墜落して。その復活のため、機械技術を研究するとか、だったみたいですが)

都市奪還後、ゴブリンクイーンやゴブリン博士とは何度か遭遇し、そんな経緯も判明していた。思い出しながらメモしていく。

しかしキャリーの持つこの真新しいペンも、鋼の都製だ。インクの詰まったカートリッジを交換するだけで、すぐ書けるという優れもの。

もう今は、王国軍の活躍でこの都市は解放されている。こうして便利な製品がきちんと流通するほどに。

もちろん戦いの傷痕はまだ残り、住民の数も減ったままだ。それでも都市の奥の方では、煙突から灰色の筋が上がっていた。工場が動いている証か。

「確かこっちにもまだ、駐留してる仲間がいるはずなんですけど……？」

今日はそこで休ませてもらおう。手帳を仕舞って、手招きして愛馬を歩ませ、一緒に都の中へと向かうことにした。

やはりすれ違うのは、自動で動く機械ばかりだが——そのとき。

「ほらほらほら、こっちこっちぃ！　ここならまだ人がいないから……って、えええ⁉」

……キャリーさん‼」

いきなり上から落ちてきたのは、見覚えのある者だった。

「ピッキー⁉」

その名をキャリーは呼ぶ。都市のあちこちから突き出た、浄化された水を排出する大きなパイプ。その一つから飛び出して着地を決めたのは、ショートパンツの似合う娘だ。

新進の泥棒を名乗る、ピッキー。ゴーグルつきの帽子がトレードマークの彼女は、地下に避難した人々のため、魔物から食料をくすねる技を身につけた少女である。

そのピッキーは王国軍がこの都を訪れたときと同じく、逃げていたところで——。

「グギャアアア——ッ‼」

パイプから這い出てきたのは、肉体を肥大化させた、魚に足の生えた魔物だった。

その全身が、緑に光る不気味な粘液にまみれている。

「……変異種⁉　まだこの都にいたのですか！」

愛馬に飛び乗り、キャリーは槍を敵に向ける。あれは、ばらまかれた「肉体強化薬」の影響で凶暴化した種だ。

鋼の都にまだ、汚染区画があったということか。ぶるんッ、と愛馬が嘶く。厄介な魔物だが、戦ったことのある相手だ。槍騎兵として不足はない。

けれども突進する前に、キャリーははっと気が付いた。

強烈な殺気！　瞬時に馬を飛び退かせる。

それは、キャリーやピッキーに向けられたものではなかった。

「姫騎士パテル……参るでありま――すッ‼」

蒼い閃光。まさにそんな表現が相応しい。

真っ青なマントをなびかせた、美しき女騎士が壁を蹴って現れた。

その手で燃えさかるのは、特別な神槍「ゲイボルグ」だ。駆け抜けながら振るわれた一撃が、燃える波動となり、魔物を捉える。

「ギャァア――――‼」

姉である、北の大国の姫シビラと同じく、斬撃を飛ばす騎士――それがパテルだ。

ぬめぬめとした粘液ごと魔物が真っ二つになって、絶命する。だが油断なくパテルはとどめの刃を突き立てた。

その凛々しい顔は、ピッキーとキャリーに向いたとたん、ぱっとほころぶ。

「ピッキー、よく誘い込んだであります！　そしてキャリー殿！　少し前に気付いたのですが、こやつを仕留めるため気配を絶っていたので……ご挨拶が遅れたであります！」

「パテルさん、あなたがここに駐留しているのですか？」

「はい！　鋼の都は今、北の大国が復興支援してるでありますよ！」


　パテルとピッキーの案内で、キャリーは馬をつれ、鋼の都の工業区画に到達する。そこでは北の大国の黒い制服を着た者たちが、自動機械とともに働いていた。もちろん中には私服姿の市民たちも混ざっている。

「あ、お父さーん！　手伝うよ、それ！　こっちはもう終わったからあ」

　ピッキーが技術研究者として働く父を見つけて、駆け出していった。

　その背中を見送って、パテルが「見ての通りであります」と区画の様子を示す。

「復興は順調でありますよ。あ、ホテルも再建できてるので、そっちをキャリーさんには使ってもらいますね」

「わあ、ありがとう！　でも、まだこの都には敵がいるんですね……？」

「はい。だからこそ、我々に任されているでありますよ。薬品汚染のひどい区画の浄化が済んでなくて、さっきみたいな変異種がときどき暴れるでありますから」

「確かにパテルさんの率いる軍がいれば、安心ですね。でも」

ホテルへ繋がる「動く歩道」におっかなびっくり、愛馬とともに乗りながら、キャリーは首を傾げる。確かパテルは、姉であるシビラの守護騎士だったはず。

それを察してか、先頭で歩道に運ばれていくパテルが振り返る。

「これは姫ねえさまの命令でありますよ。議会の反対を押し切って通したであります。北の大国だからこそ、栄華を誇った鋼の都の復興ができるだろう、と」

「シビラ姫の？　ほへー……」

「議会をはね除けるだなんて、昔の……王子とともに戦うことを決める前の姫ねえさまでは、考えられなかったことであります。そんな姫ねえさまのご意志を体現するのは、それはもう！　妹であるワタシしかいないでありますから、はい！」

「そっか。そうですよね、プリンセスは──本国に残っておかないとですし」

「まあ各国の姫も王国の王子も、白の帝国の皇帝も……前線に出過ぎですけどねえ？」

「それは、言えてますね～」

ぷっ、と二人で噴き出した。

──そう。本来は一国の姫たちが戦うなんて、あり得ない。それがいつしか変わったのは、きっと。

(王子の影響ですね……うん！)

愛馬には王国の旗を掲げたままだったが、今は特に誇らしくキャリーは感じた。

王子がこの都市を、そして世界を救ってきたのだから。

■「魔神の体内」へ、いらっしゃーい！

（また、この場所にやってくることになるなんて……！）

パテルの手配で鋼の都から船を出してもらい、キャリーが辿り着いたのは、かつて通ってきた「ゲート」の一つだ。

それはこの物質界に空けられた、魔界へと繋がる空間の穴。通り抜ければ、魔界特有の鈍く光る靄――「瘴気」に包まれた、様々な岩盤の浮遊する光景が広がっていた。

ぶひんッ、と跨がる愛馬が苦しげに嘶く。共に「第二覚醒」の姿なれど、瘴気がまとわりつく負荷からは逃れられない。

「はいはい、どうどう！」

とりあえずキャリーは馬の背から下りて、少しでも負担を減らしてやる。懸架させていた長槍も自分で手にした。魔界は王国軍が攻略した地ではあるが、普通にまだまだ多くの魔物が生息している。たった一騎で足を踏み入れたのは無謀だったかもしれない。

「一応ケイティさんが行き先には、連絡を出してくれてるはずですけど……ええと」

ともあれ、目指す場所は決まっている。重苦しい瘴気の影響を受けない唯一の領域だ。

それはこの地の深部――。魔界と呼ばれる巨大な大地、そのものの「内部」だった。

「たぶん、降りていけばいいんですよね？」

キャリーは下っていける経路を見つけた。馬とともに歩いて行けば、合っていたらしい。やがて瘴気が晴れてくる。

「……ここです、ここ！　間違いないです！」

踏みしめた靴裏に、ぬちゃりとした感触が伝わる。これまでの足場とは一変し、馬が戸惑(とまど)いを見せた。それでも息詰まるような瘴気がなくなり、キャリーも愛馬も歩みを進める。

独特の肉色をした大地から、人の何倍もの太さがある白亜の柱が、周りを囲むようにぞろりと生える。等しく隙間(すきま)を空けて並ぶそれらは、「生物の歯」であった。

ここは魔界の大地そのものである、巨大すぎる魔神(レヴィアタン)の、体内への入口——開かれた口腔(こうくう)の中なのだ。

「はあー……何度、見ても……！」

キャリーは足を止め、その圧倒的な迫力に息を飲む。

このレヴィアタンの復活は、王子の活躍により阻止できた。それでも死んだわけではない。まだ息づいている証に、口の中にわずかな風が吹いていた。呼吸しているのだ。

「本当に、こんな魔神を相手によく、なんとかできましたね。私たちって」

「おーい！　そこのお客さん！　いくらなんでも一人と一頭じゃあ、挑戦は無茶だぜ！」

「……へ？」

広いホールのような大空間に突如、わんわんと声が反響した。はっとしたキャリーが捉えたのは、魔神の口の奥から駆けてきた、小型の騎竜に跨がる者だった。

頭の後ろでまとめた、銀色の髪を揺らす彼女の名は――。

「あっ、リエーレじゃないですか！　またここで会うなんて！」

「アンタは……王国のキャリー？　そーいや連絡もらってた！　今日到着したのか！」

現れたのはかつてこの魔界で、王国軍の案内役をしてくれた竜騎士リエーレだった。

懐かしい顔に、愛馬がリエーレの駆る騎竜と頭を突き合わせ、互いに匂いを嗅ぎあった。

キャリーとも既知の間柄だ。リエーレが戦斧を掲げれば、そこに長槍の刃先を軽くぶつける。

ギャリンッ!!

お互いになまっていないのは、武器越しの感触で伝わった。同時に破顔する。

「久しぶりですね、リエーレ！　魔界に残っているのは知ってましたけど、まさかあなたがまた、出迎えにくるなんて」

「あー、ヘンゼルのやつに頼まれてさ。ここで仕事をしてるんだぜ、へへっ」

「ヘンゼル――闇使いの彼に、ですか？　でも仕事って……こんな危ないところで？」

「王国軍が来た頃よりは、レヴィアタンの中に巣くう魔物どもも、ずいぶんおとなしくなったけどな。でもそのぶん、『あの王子が入った魔界ダンジョン』的に、人気が出てさ」

ほら、と自慢げに見せるリエーレの、腕章――そこに書かれている文字ときたら。

「……レヴィアタン案内人？」

「おーよ！　腕試しで勝手に入ってきた連中が、迷ったり死んだりしないようにな。キャリーは王国軍の使いで、かつての戦場跡を見に来たんだろ？　せっかくだから案内してやるよ。お一人とご一頭さま、ごあんなーい！」

「はいはーい、こちらがレヴィアタンの胃になりまぁす。底は酸の池なので、魔物が出てきても慌てて落っこちないようにしてくださーい！　溶けて死んじゃうぜ！」

「……案内役がサマになってますね、リエーレ」

「まあ、そこそこ長くやってるからな～。安全な足場ももうわかってるし」

わずかに脈打つレヴィアタンの体内を、騎竜と馬に乗る二人が進む。先頭をゆくリエーレが小さな旗を振っていた。キャリーが愛馬につけている王国旗より遥かに小型の、片手で握れる三角形のもの。どうやら案内するときの目印に使っているらしい。

「あっちが心臓に繋がるルートだぜ！　このレヴィアタンの中でも一番人気な、女神アダマス様が埋まっていた『穴』の残る場所だ！　魔物がまだうじゃうじゃいてさー」

「いろいろ思い出してきました……そ、そこはもういいですね、さすがに」

「そっか。じゃあ、向こうに行くか。休憩所を作ってあるんだぜ。そこにはアタシ以外のヤツも詰めてるしさ」

「えっ？　リエーレ以外に……こんな場所に？」

「ははっ。こんな場所だからこそ、肌が合うヤツもいるみたいだぜ」

リエーレが騎竜の首を軽く叩き、方向を変えた。もちろんキャリーも跨がる愛馬を続かせる。

胃から繋がるこの経路には、見覚えがあった。

「こっちって、レヴィアタンの……肺の方ですか？」

「正解～♪　さっすがキャリー、覚えてるね！　この先はまだ濃い瘴気溜まりがあるから、アタシの後ろから外れるなよ。たまに参加者が突っ込んで、ぶっ倒れるんだよなあ」

「あ、危ないですねえ、相変わらず……！」

「魔神の体内だからなあ。危険は危険さ。でもちゃんと、回復役は置いてるぜ？」

ほら、と進んだ先をリエーレが旗で示せば――巨大なヒダがうねる肺腑空間に、ちょこんと小屋の姿があった。しかしそのサイズは、人が住む家屋より明らかに小さくて。

「えっ、犬小屋みたいな……？」

「んああ？　なんだがおー？　仕事、がおかあ？　ふわぁ～！」

中からのっそり出て来た者がいた。それは黒銀の狼に乗った、褐色の肌を持つ少女だ。

「プニル⁉　それに、魔獣……フェンリル！」

『グルルル……！』

――魔狼巫女プニル。このフェンリルを封じるため、精神を融合させた娘である。

魔獣の力を使いつつも、巫女の癒やしの力も扱える、希有な存在だった。

「そういえば王国軍で見かけないと思ったら、こんなところにいたんですか？」

「あー、キャリーなのだ？　ふんふん、血のニオイはしないがお。怪我してないがおね。んじゃあ、プニルの出番はないのだ。またぐっすり寝るのだあ～……ふあぁあ」

久しぶりに顔を合わせたというのに、ぷいとプニルもフェンリルもそっぽを向けば、さっさと小屋に戻っていった。

馬から下りて抱きしめようとした、キャリーの腕が空を切る。

「んもうー！　プニルったら⁉」

「はは！　本体のフェンリルが魔獣だからか、ここが落ち着くんだとさ」

リエーレが騎竜の背でくすくす笑う。

「怪我人が出たら活躍してもらってるよ。ま、出番のないときはこんなもんさね」

「あのコらしいと言ったら、そうかな？　役に立ってるみたいでよかったですけど……あれ？」

小屋の前まで近づいて、キャリーはあるものを見つけた。

隣に設えられた棚にはずらりと、土産物が並んでいた。あからさまにプニルとフェンリルを模したぬいぐるみもあれば、その横にはなんと。

「ええっ……レヴィアタン名物、アダマスまんじゅう⁉　いいんですか、こんなの！」

「アダマス様の抜けた『穴』を焼き印した、白の帝国製のヤツだぜ？　ひとつどうだ？」

「ああ、帝国の刻印も押してある。ちゃんと公認されてるんですね。すごい……！」

——とりあえず記念に一箱買ってしまう、キャリーだった。

■英雄を「魔の都」は歓迎する

「あら、これ普通においしいですね……アダマスまん！　もぐもぐ」

魔神レヴィアタンの体内を出て、また瘴気に包まれた中を進みながらも、キャリーはさっそくまんじゅうを頬張る。甘い物が元気をくれて、纏わり付く重苦しさが紛れた。

隣を歩く愛馬にもわけてやれば、ひひんッ！と喜ぶ。冷たく硬い、巨大なレヴィアタンの外皮を登る足取りも、お互いに心なしか軽かった。

「だけど、まだこの上――魔界を巡らなくっちゃ。食べ歩きしてる場合じゃないですね」

王国軍の足跡を振り返るのが任務だ。今度はレヴィアタンに至るまでに進軍した経路を戻ることになる。ずんずんと進みながらメモを取る手帳には、一枚の紙を挟んでいた。

リエーレから別れ際に渡された、この魔界の地図だった。魔神の背中そのものである広大なこの世界の、どこを王国軍が通ってきたのか。それが細かく書き込まれている。

「そうそう……確かここでした。魔界なのに、いきなり天使の軍勢が攻めてきて……！」

やがて大蛇のごとくうねる道に出て、キャリーのメモにも力が入る。あのときの戦いは忘れられない。

王子の得た「神器」の加護で、周囲の瘴気は晴れたものの――飛翔する天使たちに、騎兵であるキャリーの槍は届かなかった。悔しい記憶だ。

(それでもなんとかなったのは、仲間たちがいたからで……)

ぶひひん!と側で馬が嘶いた。

「はいはい、わかってますよ。いつも近くにいる、おまえが一番頼れるって……あれっ?」

愛馬が足を止めていた。広い場所に出たものの、その奥を睨み付けている。

そこでは生物の骨で組まれた、不気味な門が開いていた。地図を確認すれば、魔界の都に繋がるものだ。

門の向こうは濃い瘴気に包まれ、見通せない。しかしそこから出てきたものがいた。

——魔物? 咄嗟に、愛馬に飛び乗って槍を構えたキャリーだったが。

「あら? あなたは……!」

人だ。しかも見覚えのある相手だった。悠然と現れたのは、褪せた青髪の乙女だ。

降魔の戦姫トコヨ。その名で通る、かつてはキャリーたちに立ちはだかった、魔の力を体に取り込む血族の末裔。その身を覆うのは、彼女自身が生成した白い外骨格だ。

王都奪還の戦いの中、実妹である月姫カグヤに敗れ——以降は「罪滅ぼし」として、王国に仕えてきた。戦うことしかできない彼女の居場所を、王子が与えたのである。

トコヨ、と名を呼ぼうとしたものの、キャリーは息を飲まされた。現れたトコヨの目は漆黒の魔の輝きに満ちていて、殺気を放つ。いつか「敵」として戦ったときと同じく。

その手に握られた黒い武器が、蠢いた。邪竜の尾骨からできた「草薙の剣」だ。

「ハァアアアアアア……ハア————ッ!!」

「ちょっ、嘘でしょ！　くっ……‼」

凄まじい脚力で戦姫トコヨが飛び込んでくる。魔の力を操れる彼女に、魔界の瘴気は影響しない。その手で鞭のように黒き刃がしなり、すべてを薙ぎ払う一撃となる！

瞬時に馬を下がらせたキャリーの槍が、掠めただけで弾き飛ばされそうになる衝撃だった。

が、キャリーも熟練の騎兵だ。その勢いを利用して、弧を描くように長槍を回し――。

ガキャアアアンッ‼

叩きつけた槍の切っ先で、トコヨの体が浮き上がる。深紅の武装に身を包むキャリーは「第二覚醒」なのだ。瘴気に纏わり付かれていても、後れを取ることはない。

「フ……」

だが槍の攻撃は、草薙の剣が当然のように受け止めていた。トコヨは不敵に笑いながら距離を取る。すると、その姿が変わった。

常闇聖霊の残した煌めきとともに、トコヨの一部でもある外骨格が、黒い剣へと移動して白く覆う。彼女自身をも取り込もうとする凶暴な力を、抑えるように。

さらに、青い衣裳が現れていた。カグヤの着ていた、東の国の服に似せたもの。華やかでありながら清浄な印象もある姿だ。限界を超越した、トコヨの「第二覚醒」である！

あちらも本気になったのか。キャリーは紅い鎧の下で、汗を滲ませる。このトコヨが再び敵に回ったならば、はたして一人で勝つことができるのか？

――けれども戦姫の瞳からは、もう邪気が消えていた。澄んだ金色になっている。

「やるなキャリー。思わず本気になってしまったが、挨拶はこれくらいで容赦しよう」

「へ？　挨拶って――あー、そういえば」

何事も、まず戦う。それが魔界流なのだ。キャリーはすっかり忘れていたが。

「フ……貴様が来ることは聞いている。このアタシが都への門番というわけだ。力ある者ならば通っていいぞ。女王ドロテアがお待ちだ」

トコヨが背を向け、門の中に戻って行く。まだ緊張の解けない愛馬の首を、跨がったままキャリーは撫でた。

「どうどう。ほんと、魔界ってところは常識が違うんですから。ねえ？」

ぶるる！と馬が不満げに、荒く鼻息を飛ばした。

「物質界よりよく来たな、王国の槍騎兵よ！　歓迎しようではないか」

闇エルフの女王ドロテアは、相変わらず尊大だ。都に来たキャリーを、広い洞穴のような謁見の間で出迎える。

その玉座はテラス席のように突き出た高みにあり、闇色の肌も露わな姿で足を組み、見下ろしてくる。用意された下側の席で、キャリーは苦笑するばかりだ。

しかし、もてなしてくれているのはわかった。愛馬は外で、女王に仕える配下が預かってくれたし――目の前の石のテーブルには、あたたかな紅茶のカップが置かれていた。

当然、魔界では貴重なものだ。カップを手に取り、豊かな香りを楽しませてもらう。

そこにダークエルフの文官が何かを抱え持ってきた。ロール状に巻かれた、それは。

「……これって、え？　戦いの、記録？　王国軍のですか！」

「先にまとめておいたぞ。我らの主観が入ったものだがな。好きに持っていくがよい」

「あ、ありがとうございます！　助かります！　物質界、魔界と住む世界は違っても
……ダークエルフがこうして私たちと絆を結んでくれていること、実感します――」

そういうのを記録には書かなければ、とキャリーは胸を震わせる。

「トコヨもよくしてもらってるみたいですね。すっかり魔界が馴染んでいるようで」

「ああ――トコヨか。あやつは少し事情があるからな。ふむ……話しておくことかのう」

見上げる玉座でドロテアが、長い耳に触れながら言葉を躊躇う。その意味は――？

「ここにいたんですね、トコヨ」

魔の都に滞在して数日。休息と補給を終わらせたキャリーは最後に、荷造りした愛馬をつれて、都から少し離れたある場所に来ていた。

濃い瘴気が漂う中――積まれた石が無数に並ぶここは、他に人気のない「墓地」だ。

挨拶の戦い以来、姿を見せなかったトコヨと会うにはここしかないと、去り際に立ち寄ったのだ。

「……女王から聞いたのだな、アタシがなぜ、ここに居続けるのか」

青い衣裳を纏うトコヨが佇むのは、とある墓標の側――。

そこに眠る者をキャリーも知った。

「こっちで消息を絶った、お父上の遺体を見つけて……弔ったのですって？」

「フ……愚かな父だ。降魔の力に溺れ、魔界の端で、無惨に朽ち果てていたのだ」

墓石に向かい吐き捨てるものの、トコヨの声に怒りはない。慈しむものだ。

「あなたはそれを守っているのですね。……カグヤ様は知っているのですか？」

「いいや、伝えなくていい。妹にとっては自分を捨てた、会ったこともない親だしな」

そのとおりだ。キャリーは黙して、貧相な墓前にアダマスまんじゅうを供える。残った一つだ。

「これでアタシが、最後の降魔だ。ここで父と寄り添い、ただ果てよう――」

「ええっ？　トコヨは子供、作ったりしないんですか？」

「――フ。このアタシと誰がそんなことをしたがる？　物好きな男がいるものか」

「えーっと、だって王子ならたぶん気にしない……」

終わりまで告げることはできなかった。風を切り、白い刃が突きつけられる。

トコヨの顔は真っ赤に染まり、金色の瞳は本気の怒りで輝いていた。

「貴様あ――ッ！　い、言っていいことと、悪いことがあるぞッ‼　キャリー‼」

「ひゃあ⁉　なんでなんで、なんでですかぁ――⁉」

慌てて馬に飛び乗ると、全力で逃げるはめになるキャリーだった。

■姿なき「密林の戦い」

「……さ、さすがにもう追ってはきてないですよね？　ふうー……」

しばらくトコヨに追撃されたが、無事に振り切ったらしい。魔界のとある三叉路に出たところで、キャリーはようやく手綱を緩め、愛馬の速度を落とした。

「あれ？　体が、軽い？　……これは？」

そのとき、明らかに瘴気の影響が薄くなっているのに気付く。キャリーを乗せて全力疾走した直後なのに、馬の足取りも軽やかだ。上機嫌に耳だってぴこぴこ動かす。

改めて周囲を見渡したキャリーは、はっと息を飲まされる。三叉路から少し進んで辿り着いた、ちょっとした広場空間――そこに見覚えがあった。見紛うはずもない。

冷たいだけの魔界の地面が一箇所、不思議な淡い光を放っていた。

否、それは残光か。そこに置かれていた、「神の力を宿したもの」の余波だった。

「アイギス様の……神器のあった場所ですか！」

馬から下りて、キャリーはかつてここにあった、女神の遺せし鎧と盾と剣を思い出す。

それらは今、王子の手元にある。それでも女神の加護はまだここに、ほのかに残留しているのだろう。周辺の瘴気を祓い続けるくらいには。

「そうです。私たちは物質界からやってきて、ここでついに神器を手にして……あら？」

と、なると。キャリーは馬の背に戻った。道なりに真っ直ぐ進ませる。

瘴気の晴れた向こう側に、光を放つ穴が見えた。空間そのものの裂け目である。キャリーが通ってきた「ゲート」よりも鮮明な、世界につけられた傷痕。それは大軍が通れるほどの、とてつもなく大きな出入口だった。

愛馬にも躊躇いはない。覚えているのだ。一度、向こう側から通り抜けてきたことを。

「ぷっはあ！」

一気に駆け抜ければ、取り巻く全てが一変した。

空気が違う。愛馬とともに浴びる、風の匂いも——。

嘶きを上げて馬が足を止めたそこは、もう魔界ではなかった。

さんさんと陽光が降り注ぐ、物質界——鬱蒼と生い茂る樹木がキャリーと愛馬を取り巻いていた。現れたキャリーたちに驚いてか、鳥たちが澄んだ空にぱっと羽ばたく。

降り立ったのは森の中に作られた、屋根の崩れた古い遺跡だ。

「やっぱり！　ここに出たんですね。私たちの、次の目的地……！」

馬上で振り返れば、背後には巨大な門がそびえていた。その中に固定されているのは、通り抜けてきた空間の亀裂だ。魔界へと繋がる穴が渦巻いて、虚ろに口を開いている。

「そう……ここを女神様の神器が最初、封じていて。それが破られたから、こうして魔界への穴が空いたんですよね。あれは確かデーモンの策略で、オークが敵として現れて」

「——誰だッ⁉」「ヒト？」「ヒトか！」「王国の者か？」「違いない」「ヒトだッ‼」

誰何とともに現れたのは、一人ではない。わらわらと森の中から出てきたのは、土気色の肌を持つ種族たち。筋骨逞しい武闘派民族——オークどもだ！

それも十や二十どころではなく、あっという間に周囲がぐるりと埋め尽くされる。

よくよく見回せば森の中には、馬につけた王国旗より立派なオーク軍旗が、あちこちに林立していた。遺跡付近はいつしか、オークどもの占拠する集落となっていたのだ。

——しかしもう、オークたちは敵ではない。

「ようこそ、ヒトよ！」「王国の強者よ！」「歓迎しよう！」「宴だ！」「宴だぁ‼」

「あ、あはは……ど、どーも〜！」

てきぱきと昼間から酒宴の席が設けられ、否応なしに参加させられるキャリーだった。

「ははぁ。じゃあ、封印の解かれた後……こうして一部のオークが、ここに留まって？」

「そうだッ！」「たまに魔界から、魔物が出てくる」「それを俺たちが倒すッ！」「おお！」

種族は違えども、酒が入れば打ち解けることは容易だ。篝火の焚かれた遺跡のあちこちに座り込み、キャリーとオークたちは皆、木製ジョッキでオーク酒を楽しんでいた。

馬は早々に石柱の側で蹲り、寝ている。しかしまだまだ宵のうちだ。数名単位で集まるいくつもの宴席を、主賓のキャリーがジョッキ片手に回っていた。

オークが語るのは自分たちの武勇伝か、「チャンプ」ことオークの英雄アナトリアの話だったが——ようやく「なぜここにオークの村ができたのか」を聞き出せた。

封印が解かれたこの地の亀裂は、女神の神器でもなければ閉じられない。

だからこそ見張り役として、戦いを好むオークの村が自然とここにできたという。

「あれ？　でも、こっちにも王国軍から誰かが、派遣されていたのでは……？」

「む？」「ああ……音しか見せないサイレントか」「おお、サイレントだな！」「うむッ」

ふと漏らしたキャリーの言葉に、オークたちが頷き合う。

サイレント？　知らない。そんな名前の者は、王国軍にいなかったはずだが。

「あの、それって」

もう少しちゃんと聞き出そうとした、そのときだった。

突如――空気が震えた。遺跡自体が揺れたような、そんな凄まじいものだ。

「！　えっ……⁉」

ぶひんッ！と愛馬が飛び起きるほどの、恐怖を放つもの。それは「咆哮」――。

キャリーもオークたちも一斉に、開かれたままの遺跡の門に目を向ける。直感で理解した。その渦巻く穴の向こうから――這い出てくる、圧倒的な何かがいたのだ。

「来たッ！」「魔物だ！」「魔界から獲物がくるぞ！」「迎え撃て！」「狩りだあッ！」

オークたちは慌てることなく、傍らに置いてあった剣や斧といった武器を手に取る。

さすがは武闘派だ。キャリーもジョッキを残して、愛馬まで駆ける。酔いは昂揚に変えた。立ち上がった馬の背に跨がると、長槍を摑む。いつでも迎え撃てるように。

だが、世界の亀裂を通って現れたのは。

「ギャオオオオオオオオオオオオオン‼」

「え、ええ——⁉　ドラゴン？　しかも……飛翔種ですかあ————⁉」

雄叫(おたけ)びを放ち、物質界へといきなり飛び出してきたのは、漆黒の鱗(うろこ)を持つ竜だった。

一対(いっつい)の翼を羽ばたかせ、夜空へと舞い上がり、輝く月を背にキャリーたちを睨み付ける。

まずい。キャリーの槍は、飛んでいる敵には当たらない。近接武器主体のオークたちもだ。——それを悟り、竜は嗤(わら)ったか？　こふっ、と口元から鮮やかな炎を漏らした。

向こうは飛んだまま、強烈なドラゴンブレスにより、こちらを殲滅(せんめつ)できるのだ！

（これは……せめて弓兵か魔法使(メイジ)いがいないと、落とせない‼）

そう感じた直後。空中で、竜の長い首が——折れた。

否、ものすごい衝撃に貫かれたのだ。遅れて「音」が森を叩く。木々が揺れ、無数の葉が夜空に散り、キャリーの長い髪も暴風に舞った。

それで終わりだ。竜の巨体が落ちてきた。地響きを立てて、遺跡の近くに墜落する。

明らかに絶命していた。竜はもう炎を吐かない。

倒したのだ、誰かが一撃で！

「これって……？」

「サイレントだッ！」「うおおおッ、サイレント！　サイレントッ！」「うおおおおお！」

オークたちは、倒れた竜に取り付いて歓声を上げる。サイレントとやらを称えて。

一方で、キャリーは馬上から遠くを眺める。

竜を狙撃した相手が潜むであろう、その位置を――。

「やっぱりそこにいたんですね、音だけの無口（サイレント）さん。ううん、ラーティ！」

「！　キャリー、さん……！」

松明（たいまつ）を手に、愛馬を駆って森の奥に辿り着けば――背の高い大樹の枝に、一人の狙撃手の姿があった。あらかじめ狙撃地点を割り出していなかったら、まったく気付けなかっただろう。

竜殺しラーティ。その名の通り竜族討伐に特化した、長砲身の狙撃銃を扱う乙女だ。長い赤毛をなびかせ、ごつい愛銃を抱えてするすると樹上から降りてくる。

「あなた一人？　こうして姿を隠して、警戒してくれてたんですね。先程はありがとう！」

「……別に。あたしは、自分の仕事をしているだけだ。王子と約束したとおりに」

「うんうん！　ところで、さっきのドラゴンでステーキ焼くんですって。それでこうして呼びに来たんです。オークたちもぜひサイレントの正体を知りたいって――あれ？　ラーティ？」

誘いに来たことを告げると、気が付けばラーティは消えていた。慌てて松明をあちこちに向けても、馬から下りて彼女の足跡を探しても、痕跡一つ見つからない。

「んもー！　相変わらず、恥ずかしがり屋の狙撃手なんですからあ！」

まだまだオークたちの間で、「音しか見せないサイレント」の噂（うわさ）は続きそうだった。

■「魔法都市」は揺るがない

「キャリーさ～ん！　見えてきましたよ！　あれが魔法都市の入口の、転送陣です！」

御者席からそう声を掛けてきたのは、フードの少女、行商人トトノだ。

彼女のキャラバンの幌馬車内でうたた寝していたキャリーは、慌てて飛び起きる。

「んあ……おーおーおー！　確かに、いつ見ても大迫力ですねえ！」

馬車の中から身を乗り出せば――前方に、灰色の石碑のようなものが見えた。

あまりに分厚く、まるで小さな城ほどもある建造物だ。しかし、台座部分に刻まれた巨大な魔法陣を起動するだけ、という設備だった。

オークたちのいた森林の近くで、トトノ率いる輸送団とたまたま出会い、近くまで乗せてもらったのだ。もともとラーティに物資を届ける定期便だった。一人で仕事に没頭する狙撃手にも、ちゃんと交流相手はいたのである。

そんなトトノとはこれでお別れだ。支度を済ませたキャリーは、幌馬車についてきていた愛馬の背に移る。数両からなるキャラバンは、このまま別の地に向かうという。

「ではキャリーさん、あなたの旅に、これからも幸あらんことを」

「ありがとう！　トトノたちもですよ。また元気に、どこかで会いましょう！」

護衛の兵に守られた一行から離脱し、キャリーは愛馬に王国旗を掲げ、そそり立つ石碑へと真っ直ぐ向かう。

土の地面から舗装された路面になれば、もうそこは円形の台座の一部だ。

「そうそう。最初はここを、ゴーレムたちが守っていたけれど……」

複雑な模様が刻まれた、大部隊がまとめて収まるほど広い魔法陣。その起動を阻む防衛システムはもう、王国軍が突破したことで停止した。自由に行き来が可能である。

使い方は簡単だ。キャリーは愛馬に乗ったまま、転送陣の上に進んだ。

すると、魔力の輝きが自然とあふれ——その光が収まれば。

「！　ほんと、一瞬で移動しちゃうんですから。はあー……すっごい」

キャリーと馬は魔法都市へと転移していた。さっきまで転送陣に影を落としていた、巨大な石碑はもうない。

代わりに現れたのは、無数の六角形の塔が魔法技術で浮遊する、不思議な街並み——。

その間を繋ぐ空中回廊の端に、キャリーと愛馬は立っていた。

だが都市の一部には、戦いの跡が刻まれたままだ。途切れた回廊もあれば、崩れかけた塔も見えた。ここでの戦いが終息してずいぶん経つが、復興があまり進んでいない。

「そうですよね……魔術師たちの伝説の地だった魔法都市。でも王国軍が駆けつけたときには、ここはもうデーモンロードに蹂躙されて、廃都寸前で……」

人気のまったくない、静かな都市に響くのは、キャリーを乗せて歩く馬の足音のみ。

——それでもここで諦めずに、「魔術師の学園」を作ろうとする動きがあった。

魔法都市の深部にある、一際立派な研究塔。その前に馬を残して、キャリーは槍も持たずに一人、中へと入る。

武具をここに持ち込まないこと、それが礼儀であるからだ。

「ふわぁ……すっごい、本の数！」

進んで行けば塔の内部は、壁一面にどこまでも高く書物が詰め込まれた、圧巻の巨大図書館となっていた。高い塔の内部すべてが吹き抜けとなっていて、はるか頭上の天井がかすんで見える。そんな広大な空間に、大小様々な本棚が浮いていた。

その後ろから、キャリーの感嘆の声を聞いて、ひょっこり顔を出した者たちがいた。

「あれっ？　その紅い鎧姿……もしかして、キャリーさん？」

「ほんとだ！　今日、こっちに着いたの⁉　待ってて、すぐ降りていくから！」

紫の髪を持つ、ゴーレム研究者の錬金術士テルマ。それと魔法都市で研究一筋に生きてきた、金髪の司祭シャロンだ。二人は浮遊する、塔のように六角形をした本棚の一つに取り付いていたが、テルマが合図すれば——本棚の一部が動く。

否、本棚そのものがゴーレムなのか。二本の腕と化したそこにテルマとシャロンを抱える形で、キャリーのいる絨毯敷きの床まで降りてきた。さすがにびっくりだ。

「テルマ、シャロン⁉　えええ？　どうなってるのですか、それ！」

「あ、キャリーさんは初めてでしたね。これは錬金術師である私が試作した、司書ゴーレムです。メイド型ゴーレムだけじゃあとても、ここの整理はできませんから」

テルマが最後はぴょんと飛び降りて、本棚に腕と頭が生えただけの代物を自慢する。

隣に着地したシャロンは、着ていた祭服の裾を直しながら苦笑した。

「司書といっても、本の整理をするにはまだまだ、知能面が追いついてないけどね。飛びながら移動してくれるから、今のところ足場代わりってところね」

「鋭意、アップデート中です！　……やっぱり滑り止め、つけたほうがいいかもですね」

司書ゴーレムが差し出した手のひらを、テルマが改めて確認する。

「最終的には、このゴーレムに利用者が乗って、目的の書物まで自動で案内される感じですね。そこを目指してはいますよ、はい！」

「へえー……学園を作るって話は聞いてましたけど、ここでみんな勉強するのですか？」

キャリーは学校を知らない。王国から西にある新興国の、庶民の出だ。兵役として幼い頃から鍛錬を受けて、馬や槍の扱いを覚えた程度だった。

「魔術師の学園といっても、各々が研究室を持って好きに学ぶスタイルかな。どうせ集まってくるのは私みたいな、魔術一筋で生きてきた人たちだろうし。まあゼンメルが今、世界各地を回って、座学のできる講師を集めてるけども」

シャロンがこの都市をともに守り続けてきた、老魔術師の名を口にする。確かにあの「偉大なる」ゼンメルが不在だった。

しかしテルマが頭を掻く。

「でもなかなか、ゼンメルさんの眼鏡にかなう相手がいないようで……あ！　でも先日、ようやく一人見つかったんですよ！　キャリーさんもご存じの方だと思いますが」

「え。誰？　ってことは、王国軍の誰かだと思いますけど――」

「リーエンは記憶しています。あなたは、槍騎兵のキャリーさんですね？」

研究塔に隣接する、すり鉢状に段差のつけられた大ホール。そこに自慢の豪腕で、軽々と長机を運び込んでいたのは、仙人ナタクの弟子である少女だった。

雷の宝具使いリーエン――両腕に雷すら操れる鈍色の手甲をつけた、「蓮の花」より生み出された存在である。

結局、サプライズで誰かを教えられないまま、一人でホールまで来たキャリーは心底驚かされる。まさか、の人員だった。

「リーエン！　あなたがここで講師をやるの？　てっきり私、ロイさんあたりかと……」

「はい。お師様に命じられました。教えることもまた、リーエンの成長になるだろうと」

いつも師である紅輪の道士ナタクにくっついていた彼女は、変わらぬ無表情で頷いた。

けれどもキャリーはなんとなく、そこに迷いのなさを感じ取る。

師匠から離れても不安はない。だからこそ親にあたるナタクも、リーエンをここに送り込んだのだろう。

（あのナタクのことだから、もしかしたら単に、自分が出向くのが面倒くさくて……弟子に押し付けただけかもしれないですけど――）

「でも、リーエン……ここで、教室を作っているのですか？」

「そうなります。細かい作業はゴーレムよりも、リーエンの方が向いているようです」

言いながらもリーエンは長机を設置して、パシッ！と手甲から青い雷光を走らせた。

それが床と机の脚を接着したようだ。

「おおー、仙術ってヤツですね？」

「いえ、これはこちらで教わったやり方で、リーエンの宝具に魔法の術式を組み込んでいます。雷の力をもとに、変換するわけですね。リーエンが学ぶことも多いようです」

「そうなの？　仙術と魔術の融合ってことかあ。なんだかすごいですね！」

「はい。ところでキャリーさんは、王国軍の軌跡を辿って、まだ各地に向かうのですね？」

「ええ――次は海を渡って、東の国まで行く予定ですよ」

キャリーは手帳を取り出して、書き込んでいたルートを確認した。ここからだとかなりの遠出だ。つい溜息がこぼれるが――。

「ではリーエンが、後でお送りしましょう。転送陣の行き先を書き換えれば、どんなに距離があろうとも、一気に転移できるはず。そう理解しています」

「え！　そんなこともできるんですか⁉　すごく助かります！　ぜひ！」

「はい。面白いですよね。戦うためだけじゃない、術式というのは」

リーエンはかすかに笑ったか？　その微笑はまるで、花のように可憐だった。

■遠い遠い「東の国」で

「わ……ひゃああ――――っ!?」

どばしゃーん!!

リーエンの起動した転送陣の上に立ち、転移した直後――キャリーと愛馬はずぶ濡れになった。馬に跨がり降り立ったのは、なんと真っ青な海の上である。

馬の膝が浸る程度の浅瀬だったが、おかげで潮水にまみれてしまう。ぶるるッ、と愛馬が不機嫌そうに首を振れば、鬣についた水が飛沫になった。

「ぺっぺっ……し、しょっぱーい！　なになに？　いったいどこに移動して……あ」

混乱するキャリーだったが、濡れた前髪を掻き分けてようやく、目の前に広がる光景に気付く。

浅瀬の向こうには、黒い瓦屋根の小綺麗な街並みがあった。その中心にある石垣の上に建てられた、白漆喰の城もまた、同じく黒い瓦屋根だ。

「東の国……！　ちゃんと転移できたんですね！　着地点はちょっと、陸地からずれてたみたいですけども……」

そこは要改善として、リーエンに報告書でも回しておこう。そんなことを考えつつもキャリーは、ざっぱざっぱと海水を掻きながら、馬を陸へと進ませる。

確かにここは東の国の都だった。いつぞや妖怪によって占拠され、動く死体と化した鎧武者たちが、敵となって現れた場所――。

しかしもう、王国軍が撃退してからずいぶん経つ。

風体の違うキャリーが海から来るのに気付き、民たちがわらわらと姿を見せる。皆、平和になった都に戻ってきたのだ。

その中になんと、たまたまキャリーのことを知る者がいた。

「……やや？　そのお姿――王国軍の騎兵、キャリー殿ではございませぬか！」

地味な柄の着物を着た、ひっつめ髪の男だ。彼は「こちらへ！」と、馬が上がれそうな浜の方に走って手招く。

「へ？　あなたは……あっ！　もしかして、サイゾウさんですか？」

「御意。こんな格好で失礼。王国より、里帰り中なものでして」

忍者サイゾウ。普段は忍び装束に身を包み、ここでの戦いでも活躍した男だ。海から上がった馬の手綱をとって、集まってくる民衆をどかしつつ、キャリーを先導してくれる。

「キャリー殿がいつか東の国に来られるだろう、とは拙者も聞いておりましたが、よもや海から馬でとは。いったいどのような事情がござったのやら」

「まあ、その、いろいろありまして。あは、は……」

「ともあれお着替えなど、必要でしょう。すぐ手配いたしましょうぞ」

　玉砂利の敷かれた庭園で、袴姿の一人の乙女が、大きな弓を手にしていた。

　後ろで束ねた美しい黒髪を揺らしつつ――弦を引き絞り、つがえた矢で狙うは遠く、広い池の向こう側。立てられた細い棒の先端に、墨で〇の書かれた扇があった。

　一閃！　山なりの軌跡を描いて、矢は見事、遠く離れた扇のど真ん中を射貫く。

　ふう――――、と長い息を吐きながら、乙女がようやく構えを崩す。

　その所作さえも美しくて、屋敷の縁側から見ていたキャリーは、パチパチと拍手した。

「すごい！　カズハさん、お見事です！　さすがは弓の名手ですね！」

「！　キャリーさん……見ていたのですか。集中していたので気付きませんでした」

　弓武者カズハが頬を染める。しかし彼女は、キャリーの姿を見直して微笑んだ。

「私の服ですが、ぴったりみたいですね。よくお似合いですよ」

「東の国の衣裳なんて初めて着たけど、帯はこんな感じで大丈夫ですか……？」

　ずぶ濡れのキャリーと愛馬は、サイゾウの案内でカズハの屋敷につれていかれた。馬の方はサイゾウに任せて、キャリーは風呂と着替えを借りたのだ。腰の前で適当に結んだ帯は、蝶々の形になっていた。カズハのそれとは微妙に違う。

「うふふ。そういう結び目、若い娘の間で流行ってるそうですよ。かわいいですよね」

「あ、そうなんですか？　……そういえば街に、すごく人が増えましたよね！　子供たちもたくさんいて――」

「はい。一度は廃都も覚悟したこの都が、ここまで復興できたのは、やはり王国軍と王子のご活躍があったからこそです。改めてこのカズハ、厚く御礼申し上げます」

「いえ、私は知ってますよ。あのとき、諦めずに戦っていたカズハさんや、サイゾウさんたちのことを。そうした真実をまとめるために、私はここまでやってきたんです」

胸に手を当てれば、懐に入れてある、濡れずに済んだ手帳とペンの感触があった。

「他にも当事者だった方の証言とか、入れたいなと思ってるんですが……」

「では王子の手で救出された、我らが主君、姫侍シズカ様に謁見の申し入れをしましょう。サイゾウに頼めばすぐです。滞在中はこちらの屋敷にいてくださいね」

「ありがとう！　あとは、ついでに街の様子もちゃんと見ておきたいですね！」

「ぜひそうしてください。カズハが案内しますね。さっそく出歩いて、今日は外で食べてきましょうか。東の国にはおいしいものがたくさんありますよ。魚も、お酒も」

「知ってます！　王国にも、確か砂漠地方の港経由で、東の国から食料が届いてるとか」

これは行商人トトノからの情報だった。弓を置き、小手を外しながらカズハも頷く。

「そういえば——都の港にちょうど王国軍の輸送船が来てるはずですよ。荷の積み込みで、まだ数日は出立しないと思いますが。サイゾウもその船で、こちらに帰国したばかりで」

「え。それって……！」

王国の船に乗せてもらえば、そのまま次の目的地である、砂漠の国まで行けるかも。

そんなわけでキャリーはカズハとともに、出かけたついでに港まで足を伸ばした。

きれいに整備された、都の湾内。そこで大型の輸送船が、白い帆を畳んで停留している。船尾ではためくのは立派な王国旗だった。

その側は大量の人だかりで盛況だ。人足による荷物の運搬だけではない。ちょうど昼飯時で、屋台が出ていたのだ。いい匂いについ、キャリーはカズハと顔を見合わせる。

「おいしそう！　船員との交渉の前に腹ごしらえしていきましょう、カズハさん！」

「そうですね。あら、ここに看板が出ていますね。えーと、『出張山賊食堂』……？」

「——おらおら！　山賊風猛火焼き、一丁あがり！　さぁ切り分けてやるぜ!!」

屋台の中で張り切って腕を振るっていたのは、恰幅のいい髭面の男だ。コック帽の下に、トレードマークのケモノの頭がい骨を載せた彼は——。

「ええっ……モーティマさん⁉　どうしてここにいるのですか⁉」

「？　誰だよ、この国に顔見知りはそういねぇはずだが、ってキャリーじゃねえか！」

山賊食堂を切り盛りしていたのは、料理のできる山賊頭モーティマだった。最初、袴姿のキャリーが認識できなかったようだが、「ああん」とすぐに納得する。

「そーか。確かお前さん、王子から面倒なこと頼まれて、あちこち回ってたんだっけ？」

「はい。王国の船が来ていると聞き……帰りに大陸まで、乗せてもらおうと思いまして」

「あー、俺はこっちまで食材の目利きできてるだけだからな。ついでにこうして試食を兼ねて、飯作ってるくらいで。船に関してはほれ、あっちにお目付役がいるからよー」

「？　あっちって？」

「あそこではないですか？　ほら、あのお方は……！」

モーティマが示した帆船の甲板上を、カズハが真っ直ぐ指さした。

彼女が見つけたのは東の国の装束を着て、身を乗り出しながら人足たちに指示を飛ばす、黒髪の美女だった。

「食事が終わった者からすぐに、積み込みを再開してくださいましね！　もう、いったいいつ出港できるか……ああっ、あちらではわたくしのカグヤ様がお待ちになっているというのに！」

「あれは――ヒカゲさん？　カグヤ様の、侍女の？」

ときに鉄扇(てっせん)を振るって焚きつける庭番女官ヒカゲの姿に、キャリーは目を丸くする。

へっ、と笑うのはモーティマだ。

「東の国の連中と交渉するには、出身者の方がいいってよ。仕える姫様から直々に頼まれちゃあ、あのねーちゃんも断れずに乗り込んできたってわけだ。ま、確かに買い付けの交渉は凄まじかったな。有無を言わせねーというか、なんというか」

その様子が目に浮かぶようだ。キャリーとカズハはまた顔を見合わせる。

「姫様はこのヒカゲの帰りを、一日千秋(いちじつせんしゅう)の思いで待っておられますわ！　ですから!!」

何にせよ帰りの船足は速そうだ、とこっそり思うキャリーだった。

■「熱砂の砂漠」でぽっかぽか！

「ん、ん〜〜〜っ！　これで、なんとか形になりましたね……ふぅぅー！」

大型船に用意された、簡素ながらも一人部屋の客室内。鎧を外した私服姿でキャリーはのびをして、そのままハンモックの寝床に倒れ込む。

部屋の円い舷窓（げんそう）からは、まだ明るい日差しの入る時間だ。休むには早い。

しかし窓際の机には、書き上げたばかりの分厚い紙の束があった。ここまでの回想録である。

（……後で、馬（あのコ）の様子を見に行かないと……）

姫侍シズカとの会談も終えて、モーティマやヒカゲとともに、大陸までの船に乗り込んだキャリー。だが風任せの航海では、騎兵の自分にやれることはない。こうして回想録を仕上げることと、窮屈な船倉にいる愛馬の世話をするくらいだ。

出発からもう何日が過ぎただろう？　モーティマがいるので、食事の時間は楽しみだが——体がうずうずする。ここのところ書き物に集中していたし、鍛錬ができていない。

（ようやく記録をまとめたから、骨休めにはいいんですけどね……）

ハンモックに揺られながら、そんなことを考えていたとき——。

「見えた！　見えましたわ〜！　砂漠の国ですわー‼」

船室にまで届く嬉々とした大声が、外の甲板の方から届けられた。ヒカゲに違いない。キャリーも慌てて身を起こす。

「……わわわっ⁉　つ、ついたの？　ついに！」

あわやハンモックから落ちそうになりながらも、しっかりしがみついたまま、舷窓の外を見た。水平線の向こうに、遠く――しかしはっきりと、陸地の姿があるのだった。


「あっっっっっっ……暑ぅぅぃッ！」

愛馬とともに船から下りれば、そこはもう熱砂の大地だ。直射日光よりも地面の方が熱く、空気がどこか揺らいでいる。ぶふぅッ！と馬がたまらず、後ろで鼻息を漏らした。

「わ、忘れてました……この国は、めちゃくちゃ気温が高いんでした……！」

海上にいたときは風が爽やかで、つい鎧を着込んできてしまったが――砂地を踏みしめた瞬間、兜(かぶと)を脱ぎ捨てたくなった。しかしこれだけ日差しが強いと、薄着ではむしろ日焼けがきつい。船がついた港で働く現地の人々は、男も女もよく焼けた肌をさらし、頭に布をかぶるくらいで済んでいる。

けれども生まれの違うキャリーには、とても同じ真似はできない。

「ひ、ひとまず涼めるところに移動しないと……体力がもたない、ですっ」

――そういえば砂漠の国の戦いでも、この熱さに苦しんだものだ。愛馬をつれてとりあえず、出てきたばかりの輸送船の影に入った。しかし、これからどこへ向かおうか？

(砂漠の国は、王国の隣だったせいか……ここに魔物の拠点が作られてたんですよね)

　復興し、大型帆船も寄港できる河口にできた、砂漠地方の港町。その遥か向こうに、遠くからでもはっきりとわかる、三角形の巨大な石造建築物があった。

　魔物が戦略拠点として占領した、古くからある遺跡だ。回想録の続きを書くなら、出向く必要がある。ならば、事前の準備が大切だ。砂に足を取られる馬だけでは心許ない——そんなことを考えるキャリーの視界に、瘤を持つラクダの姿が飛び込んで来た。

「そうそう。水や食料の運搬には、こちらでラクダでも借りないと——あら？」

「おお？　そこな紅い鎧を着た者は……キャリーではないか！　久しいの！」

　ラクダの背に乗っていた相手が、さしていた日傘を上げてにっこり微笑む。一目では気付かなかったが、傘は東の国製の紙張りで、煌びやかな衣裳もまた東の国のもの。

　艶やかな髪に三日月形のかんざしをつけた、その美少女は——。

「カグヤ様！　ご、ご無沙汰しています……！」

「ケイティから知らせをもらったのは、ずいぶん前だったが、ようやくこちらに来たのだな。ふむ……馬とともに健勝な様子だの。ふふっ、なによりだ」

　月のように美しいと謳われる、東の国のプリンセス——その微笑はやはり、月光の淡い輝きを思わせた。この場に居合わせた現地人たちの多くが、つい見とれるほどだ。

「輸送船が戻ってきたと聞いて来たのだが、まさかそなたもいたとはの。こちらにしばし逗留するがよいぞ。砂漠の国では、今はこのわたしが王国軍を任されておるでの」

「はい、ありがとうございます！　お言葉に甘えますね。とても助かります……！」

「姫様────！　このヒカゲ、ただいま戻りましてございます〜〜〜〜〜!!」

船上から、目ざとく主を見つけた女官が手を振っていた。慌ててこちらに降りてこようとしたが、それを誰かが捕まえたか。ヒカゲの姿が引っ込み、会話だけが届いてくる。

「バカ、どこ行くんだ！　荷下ろしの確認ができてねーだろ!?　俺だけにやらせんな！」

「は、放してくださいましッ！　カグヤ様がこられたのですよ？　まずはご挨拶に──」

「お前のことだから、そのままついていくに決まってんだろ！　わかってんだからな!!」

どうやらモーティマに確保されたらしい。カグヤも察して、甲板上に呼びかける。

「仕事を片付けた後で会おうぞ、ヒカゲ！　わたしはキャリーの相手をしておるでの！」

「……うあああっ、ひ、ひーめーさーま────……！　はいぃぃぃぃ……！」

主の命は絶対だ。悔しげながらも了承する、ヒカゲの返答だけが聞こえた。

くすりと笑ってカグヤはラクダを操る。方向転換させれば、ついてこいと目配せした。

「ついでに見せたいものがあるのだ、キャリー。まだ完成してはいないがの」

「え？　完成って……なんでしょう？」

「ふふ。よいものだぞ。とても、な」

かぽーん！と、音が響く。竹筒に流水が満ちると重みで倒れ、音が鳴り、また元に戻って水を受ける──「シシオドシ」という仕掛けだ。

その風情はキャリーには、まるでわからないが。

「おおお、す、すっごい！　ほんとに、お風呂じゃないですかあ――――！」

「ふふん♪　そうであろうそうであろう。その反応が欲しかった！」

カグヤが自慢げに見せびらかしたのは、河沿いに建築中の公衆浴場だった。

まだ女湯しかできていないが、広い脱衣所を抜けた先には、石造りの露天風呂があった。大きな日よけの屋根が設けられた下に、たっぷりのお湯が張られている。話を聞いてキャリーはわくわくしながら、カグヤと裸で大浴場に足を踏み入れたが――想像以上に立派なものだった。

河の流れを引き寄せて作ったものだろう。無数の湯船が階段状に連なり、滝となって湯を掛け流していた。見事なものだ。その脇にあるシシオドシは、やはり理解不能だが。

「せっかくだからの、堪能していくがよい。湯の温度についても感想が知りたいしの」

「もー最高ですよ!!　船では体を拭うことしかできなくて……たまりませんっ！」

さっそく体を洗い、湯船に浸かる。かなりぬるいが、染み入るように心地よい。

「あ、あぁぁぁ～～～～～～……いいっ、いいです、これぇぇ～～～……♪」

「温泉というわけにはいかぬが、ここは砂漠地方でも、オアシス以上に豊かに水があるからの。本当はもう少し熱く沸かしてもよいのだが、こちらの者たちにはどうにも合わないらしい」

カグヤは湯船の縁に腰かけて、かんざしをはずした髪を手ぬぐいでまとめていく。

「先日、試しにアサルに入ってもらったのだがの、すぐ湯あたりしてしもうた。相手に慣れてもらうしかないのかの？　しかし、これ以上温度を下げては――うーむ」

「あー、アサルちゃん。砂漠の戦士ですからねえ」

この地でともに戦った、小麦色の肌をした少女アサルのことを思い出す。でも、とキャリーは階段のように並ぶ、他の湯船を見やった。

「これ、お風呂ごとにお湯の温度、変えればいいんじゃないですか？　一番上が熱くて、下がほぼ水風呂とかに……って、そんなのできましたっけ？　適当に言ってますけども」

「なに？　そうか、湯とは別に、水を足せば……？　改修が必要だが、よい考えだぞ、それで試してみよう！　さすれば平等に現地の民も我ら王国の者も、一緒に風呂が楽しめるの！　すぐに取りかからねば！　ああ、そなたはゆっくりしていくがよいぞ、キャリー！」

慌ただしくもカグヤは湯船に浸かることなく、大浴場から出て行った。

その姿を見送って、キャリーはしみじみ感じ入る。

「現地の民と、王国の者も一緒に、かあ。王子の理想ですね。さすがはカグヤ様……！」

王子のため。それが「本妻」を自称する、東の国から嫁ぎに来た姫のすべてだ。

勝てないなと思わされる。ぶくぶくと湯船に顔まで沈めた。

（それでも……私だって、私にできることで、王子に尽くすのみですね――はい！）

彼の人のいる王国は、ここまで来ればすぐそこだった。

■始まりは「王都脱出」と「王城奪還」――

「よーし、やっと山岳地帯にきましたね！　お疲れ様、よくやりました！」

カグヤの手配で順調に、オアシスや遺跡を巡った後――最後は単騎で砂漠の国を後にする。キャリーを乗せた馬の足が、やわらかな砂ではなく、しっかり硬い地面を捉えていた。砂漠地方を抜けた証だ。

取り巻く風景もごつごつとした岩が増え、やがて険しい岩山に入る。天然の要塞を先人たちが切り開いて作った、王国への山道だった。

その先に、国境の関所が見えてくる。

左右を硬い岩肌に囲まれた場所に建てられた、城門のごとき立派な砦だ。馬に跨がり近づくキャリーに、門の上の兵士が反応する。矢をつがえた弓兵のようだ。

しかしすぐに手を振ってくる。キャリーが王国旗を掲げているのに気付いたらしい。

「もしかして……キャリーさんじゃないですかー!?」

「ん？　あの声って――まさか。おぉ――〜〜い！」

手を振り返しながら、キャリーは馬を近付ける。その頃には閉ざされていた門が、他の王国兵士たちにより内側から押し開かれた。

そこから真っ先に出てくるのは、門の上から身軽に降りてきた、先程の女弓兵だった。

見知った顔に愛馬が、ひひんっと嬉しげに嘶く。

栗色の髪の彼女は、キャリー以上に王子と初期の頃から、ともに戦ってきた者だ。

「ソーマ！　ここの砦にいたの？　王宮の侍女になったとか聞いてたけど……！」

「あれは、一時的にですよ～。メイドになって王子の側にいるのも素敵ですけど、こうやって王国のために働くのも、一兵士たる私の役目ですから。はいっ」

魔物の襲撃を、突然受けた王都——。そこから王子とともに逃げ延びた一人が、弓兵ソーマだ。誰よりも王子と付き合いのある彼女は、ずっと変わらない。

そうだ、みんな同じだった。キャリーはこれまでの旅を振り返る。

（……王子と関わった誰もが、王子のために）

ある者は、王子と紡ぐ未来のため。ある者は王子の足跡を守る番人に。

王子に救われたかつての敵も、恥ずかしがり屋の狙撃手も。

新たな形で王国に貢献する者がいた。変わらず主に仕える者も、王国のために今は働く。そして王子と寄り添うことを願い、すべてを捧げる姫だって。

では、キャリーは？　——決まっている。

「キャリーさん、このまま王城に行かれますか？　今なら王子がいるはずですよ」

「ありがとう。でも記録をとるには……まずはアイギス様の神殿に向かうのが先ですね」

ソーマに応えながらも、キャリーは思い出す。自分が初めてこの地に「召喚」されたときのことを。

ソーマと別れ、馬を駆る。

砦を抜けて、先へ、先へ——。

やがてぱっと開けた山頂付近から、豊かな森に包まれた、小さな王国が一望できた。

遠く、立派な城が見える。皆で魔物どもから奪還した、この国の王城だ。

そこより遥か手前には、美しい白い神殿の姿があった。

かつては魔物に破壊され、朽ちかけていたアイギス神殿。そこは王国の再建とともに手を入れられ、立派に作り直されている。平和を願う我らが女神の象徴として。

「私たちはあそこから始まったんですよね。ずいぶん新しくなってしまいましたが……」

立ち止まった馬の背を撫でながら、キャリーは昔を懐かしむ。

まだ10年に満たないこと。しかし、王子という英雄の始まりの地だ。

そこから紡がれた物語を今、キャリーが形にしている。馬の尻に載せた袋にはもう、ここまでの回想録がまとまっていた。ぞくりとする。

(これが10年、50年……100年後にまで伝えられるのかも？ ——ううん、きっと1000年の後にだって……！)

新たな英雄王の伝説として、語り継がれていくのだろう。そんな確信があった。

その末席にキャリーも加わっているのだ。

「……お前もね？」

ぶるるッ、と愛馬が鼻息で返答する。

「ううん。まだ戦いは終わっていないですね。これからも続きます。私の願いはただひとつ。みんなと同じく――」

手綱越しに昂ぶる気持ちが伝わったか、足を止めていた馬が駆け出した。真っ直ぐに神殿を目指して進む。

もっと鋭く、もっと速く！

「そう！　私は、王子の槍になるッ‼」

風に王国旗をなびかせて、キャリーは馬を走らせる。これまでも、これからも。

ただ――ちょっと、愛馬は発憤しすぎたかもしれない。

「え？　そ、そっちじゃないですよ！　確かに神殿へは真っ直ぐですけど……あー！　一回話聞きなさいっ、ちょっと！　こら！　暴走⁉　こんな最後の最後で？　うっそ、ダメダメダメ、そっちは崖――あっ、ああ――――――――――――――‼」

高々と跳躍した馬の上で、槍騎兵キャリーは絶叫した。

その声は遠く、王城にいた王子のもとにまで聞こえたという――。

漢(おとこ)たちの夢舞台

仁科朝丸

「――俺たちだってなぁ！　たまにはもっとチヤホヤされてもいいはずだ！」

王国軍の者たちが集(つど)う、酒場の一角。

喧騒(けんそう)の中でもひときわ大きく響く胴間声(どうまごえ)を発した白髭(しろひげ)の男――モーティマは、テーブルを挟んだ対面に座る男に向かって、木製のジョッキを振り上げながら続ける。

「お前もそう思うだろ？　ベルナールよぉ」

「……貴殿は、急に何を言い出すのだ」

同意を求められたベルナールの反応は冷ややかだった。

およそ酒場にふさわしいとは言いがたい黄金の重装鎧(じゅうそうよろい)をまとってはいるが、その恰好(かっこう)とは裏腹に、至って常識的な返答である。

モーティマは赤ら顔を伏せ、露骨にガッカリしたような溜息をつく。

「ったく、カテェなお前は。酒の席でくらい、もっとノリ良くてもいいだろ」

「ノリの問題ではなく、話がつかめんのだ」

「話も何も、今言ったことが全てだろ。俺たち男衆だって毎日頑張ってんのによぉ、派手に脚光を浴びるようなことは何も起きやしねえ。寂しいと思わねえか？」

「酔っているのか？　まったく……」

モーティマの説明に再び呆れた声を漏らして、ベルナールはグラスを傾ける。

「貴殿は山賊とはいえ、部下思いの好漢ではないか。名声のために戦っているわけではなかろう？」

「それはそれ、これはこれだ」

ぶっきらぼうに言って、モーティマは鼻息を鳴らす。

「修行僧じゃあるまいし、俺らみたいなオッサンだってたまには良い目を見てもいいはずだろ？　晴れの舞台に立って、表彰されるような……」

くだを巻くような口調でそこまで言ってから、モーティマは突然何かに気づいたようにカッと目を見開いた。

「そうだ！　舞台がねえなら、作りゃあいいんだよ！」

「な、なに？」

「王国軍で誰が一番の男なのか、皆に投票してもらって決めるんだ。そうすりゃ、俺たちにもチャンスが巡ってくるってもんだぜ」

「貴殿……そんなことをしても、王子の人気に勝てるはずがなかろう」

なにを馬鹿な、とでも言いたげにベルナールは答えた。

そもそも王国軍に所属する人員の大半は、老若男女を問わず、王子に並々ならぬ好感を抱いている。勝負を挑むこと自体が愚かだ。

「仮に王子が参加しないとしても、他にも美形の男は何人もいる。あまり言いたくはないが、俺や貴殿で勝ち目があるかどうか……」

ベルナールは後ろ向きに続けたが、モーティマは当然そんなことは想定済みだと言わんばかりに、不敵な笑みを浮かべてみせた。

「その点はぬかりねえよ。年齢制限を設けりゃいい」

「年齢制限……？」

「確かに王子はいい男だ。そりゃ認める。だが、男の魅力ってのはひとつじゃねえ。若い奴にはまだ備わってねえ、独特の老成した魅力ってもんがある……だろ？」

そこで言葉を切ると、モーティマはひときわ声を張り上げて叫んだ。

「俺が今回世に問うのは、完熟した男の魅力――〝王国軍ダンディ決定戦〟よ‼」

吼(ほ)えたモーティマの迫力に押され、ベルナールは目を見開いて叫んだ。

「ダッ……ダンディ決定戦だと⁉」

繰り返されたその言葉に、何事かと酒場中の視線が集まってくる。

ベルナールは唖然(あぜん)とし、モーティマの心中を探るように険しい顔を向けた。

「……貴殿……つまり、勝てると言いたいのか？　中年の男たちとの争いならば……」

「がはは！　当然だろ」

厚い胸板をドンと拳で叩いて、モーティマはニヤリと笑った。

「俺ぁ、山賊一味を率いる頭だぜ？　自分で言うのも何だが甲斐性はあるし、ワルの魅力ってやつも備えてる。まあ、オッサン同士ならまず負けねえな」

自信たっぷりに品のない笑い声を響かせるモーティマを見つめながら、ベルナールは感情を押し殺した声で呟いた。

「いいや、貴殿はわかっていない」

「……あん？」

「男の魅力、その真髄というものが……貴殿には圧倒的に欠けている！」

「んだと⁉」

思いもかけず挑戦的な言葉を叩きつけられ、モーティマは怒りをあらわにしてベルナールを睨み返す。

「だったら、お前が相手になるか？　ちょうどいいってもんだ。戦う相手がいなきゃ、決定戦も何もねえからなぁ！」

「上等だ、受けて立つ！　貴殿に真のダンディズムというものを教えてやろう！」

一歩も引かず、睨み合って火花を散らすふたり。

そんな一触即発の空気をものともせず、テーブルに近づく大きな影があった。

「おう、なんか面白そうなこと話してるじゃねえか。俺も混ぜろ！」

呑気かつ豪快な声で言ったのは、杖を手にした癒し手——でありながら筋骨隆々とした肉体を持つ巨漢、ロベルトであった。

モーティマもベルナールも、目を丸くしてロベルトの方へと振り返る。

「き、貴殿も参加するつもりか？」

「ああ、全部聞いてたぜ。男の魅力ってのはそうじゃねえだろ。俺がお前らに教えてやらねえとダメだな」

「いきなり割って入ってきたかと思えば、上から目線かよ！」

歯ぎしりしながらロベルトを睨むモーティマ。

そこへ更に別の影が、呆れたような溜息を漏らしながら近づいてきた。

「てめェら余裕がねェな、ったく……そんなザマで男の魅力を語るつもりか？」

「なっ……グレン⁉」

思わず叫んだモーティマの視線の先に立っていたのは、深紅の仮面で顔の上半分を隠した天狗の男、グレンだ。

長身でスマートな体つき、仮面の奥で鋭く光る瞳。それらは他の三人にはない優雅さと、ミステリアスな魅力を感じさせる。

「おい、まさかお前も……」

「ダメな男を優勝なんてさせたら、悪しき前例ができちまうからな。ここはひとつ、俺が手本ってやつを見せてやらァ……」

「マ、マジかよ⁉　お前こういうイベントに乗り気になるタイプじゃねえだろ⁉」

驚愕したモーティマが、思わず彼を見つめ返す。

「……ん？」

視線を落とすと、グレンの手には空になったグラスが握られていた。

続けて、グレンがつい先ほどまでひとりで座っていたテーブル席の方を見ると、空になったボトルがいくつも散乱していた。

とっくに空のグラスへと口をつけ、グレンは声を揺らして言う。

「てめェみたいなのがもてはやされて……ホムラに悪影響が出たら、許さん……おう、ゆらゆらしてねェで、何とか言えってんだァ……」

「おい、こいつ酔っ払いだぞ！」

「貴殿もだろうが」

叫ぶモーティマに、ベルナールが冷静なツッコミを入れる。

ロベルトはガハハと声を立てて笑い飛ばした。

「いいじゃねえか。酔っ払いだろうが何だろうが、やるって言ってんだろ？　ようし、この四人で勝負といこうぜ！」

「言い出したのは俺だ、勝手に仕切んな！」

モーティマが怒鳴り返す中、酒場に集まっていた他の客たちも、騒ぎに興味を惹かれた様子で集まってくる。

かくして、この四人――モーティマ、ベルナール、ロベルト、グレン――による、真のダンディを決める戦いが幕を開けることとなった。

●

「……そ、それで、私のところへ来られたのですか……？」

翌朝、モーティマたち四人に押しかけられて事の次第を聞いたアンナは、当然ながら困惑の表情を浮かべて訊き返した。

先頭に立ったモーティマが、力強く頷き返す。

「やっぱ、こういうことはアンナに頼むのが一番だろ。催し物には慣れてるし、中立で公正だからな」

「ですが、うかがったお話ですと、投票でお決めになるのでは？　私が介入する余地があるようには思えませんが……」

「いや、アンナには俺たちへのインタビューを頼みたいんだ」

「イ、インタビュー？　つまり、質問をすればよろしいのですか……？」

なおも困惑を深めるアンナに、モーティマとベルナールが同時に頷き返す。

「何しろ今回の戦いはダンディ決定戦……俺たちがそれぞれ、男の魅力ってものをどれほど理解しているのか、見た目だけじゃなく考えを知ってもらわなきゃ始まらねえ」

「ご迷惑を承知でお願いいたす。我々だけで議論しても埒が明かないことですからな。ご多忙のところ申し訳ございませぬが」

「……わ、わかりました。それが皆さんのご希望でしたら、お引き受けします」

大の男が素直に頭を下げてくると、さすがに断りづらいようで、アンナは複雑そうな顔をしながらも承諾した。

その時、後ろの方で突っ立っていたグレンが不意に手を挙げた。

「なァ、ちょっといいか？　この話、俺は辞退したいんだがよ」

モーティマは勢いよく振り返り、ぎらついた目でグレンを睨む。

「ふざっけんな！　首を突っ込んできたのはお前の方だろうが！」

「昨日は飲みすぎておかしくなってたんだ。そもそもこんなのは俺のガラじゃねェ」

頭を押さえて溜息をつくグレンに、ロベルトが首をひねった。

「だが昨日の様子じゃ、お前も男の魅力については一家言ありそうだったぜ？　それも酒の勢いで出た言葉か？」

「そりゃ、俺なりの考えはあるが……こんなバカバカしい勝負の場で披露するようなもんじゃねェよ」

「バ、バカバカしいだとぉ⁉」

額に青筋を浮かせてグレンに詰め寄るモーティマを、ベルナールが押しとどめる。

「よせ。本人が辞退すると言っているのだから仕方あるまい。確かに、彼はこういう場に出てくるようなタイプではないし……」

言葉を切って、ベルナールはグレンの横顔をちらりと窺う。

「自信がない者を無理に参加させるのは、酷だしな」

退散しようとしていたグレンが、ぴたりと動きを止めた。

「……ちょっと待て。今のは聞き捨てならねェな。誰の自信がねェって？」

「貴殿のことだが。違うのか？」

「自信がないとは言ってねェだろ」

「だが昨晩酒場にいた者たちは、我ら四人が競うつもりでいたと知っている。辞退すれば、そのように取られても仕方ないと思うが？」

「ぐっ……勝手なこと言いやがって。この金メッキ野郎が……」

「誰が金メッキだ！」

今度はグレンとベルナールが一触即発の空気になるのを、ロベルトが仲裁する。

「まああ、ケンカはよそうぜ。どっちが正しいか、投票結果で白黒ハッキリさせりゃいいじゃねえか」

「……チッ。わかった、出りゃいいんだろ。〝あの時黙って見送ってればよかった〟なんて後悔しても知らねェからな」

グレンも一応はその気になり、アンナは改めて四人の顔を順に見比べてから、その視線をモーティマに留めた。

「では、順番にお話をうかがっていきますね。まずはモーティマさんから」

「おう！」

「ご自身のアピールポイントや、モーティマさんが思うダンディズムとは何か……そういったお話をお願いします」

一方的に巻き込まれたにもかかわらず、アンナは真面目な性分のままにメモとペンを構え、話を促(うなが)した。

モーティマは押しかけた身であることを忘れ、むしろ自分が意見を求められているような気分になって、上機嫌で語り始める。

「山賊頭を長いことやってきて、思うことがある……やはり男の器ってもんは、甲斐性で決まるってことよ」

「甲斐性、ですか」

「わかりやすく言やあ、手下どもをいつでも腹いっぱいにさせてやることだ。大事な仲間を飢(う)えさせるようじゃ、とても立派な男とは言えねえ」

「なるほど……モーティマさんは、お料理もお上手ですしね」

「そうだ！　さすがアンナはいいところに気がつくぜ！」

絶妙なタイミングで褒められ、モーティマの舌はますます滑(なめ)らかになる。

「俺を信じてついてくる連中の期待に応えること。うまいもん腹いっぱい食って、ぐっすり寝て、ガッツリ働けるようにしてやることが、立派な男の条件……俺の甲斐性ってやつよ」

「確かに……ご立派なお考えだと思います」

アンナが頷いて同意する一方、ベルナールが口を挟んだ。

「ちょっと待て。貴殿が昨日言っていたことはそれだけではなかったろう。ワルの魅力がどうとか言っていたのは何だったのだ？」

「ふっ……そこに触れちまうか、ベルナールよぉ」

罠にかかった獲物を見るような目で、モーティマはベルナールを流し見た。

「なにっ……⁉」

思いがけない反応に、ベルナールは動揺の色を隠せない。

昨日と話が違う件についてツッコミを入れたベルナールだったが、モーティマはそこに触れられるのをあえて待っていた――。

そう思わせるような反応だった。

「いいか？　甲斐性は何より大事だ……だが、大人の男ってのは単に〝いい人〟でもいけねえ。ルールや良識に縛られることしか知らない男なんぞ、つまらねえだろう」

「そ、それは人によると思いますけど……」

「アンナ、想像してみろ！　俺じゃ仕方ねえから、王子がちょっとワルになった姿を……どうだ？　魅力に深みが増すと思わねえか？」

「お、王子が……ですか？」

アンナは言われるがまま目を閉じ、何かを想像し始める。

ほどなく、その白い頬が上気して赤く染まった。

「王子……い、いえ、そんな……そのような大胆なことを……」

「何を想像してるんだ、ありゃ」

ロベルトが冷静に呟くと、その声が耳に届いたらしく、アンナはハッとした。

「な、何でもありません！　モーティマさん、変なことを教えないでください！」

「俺が悪いのかよ⁉　……まあいい、少しは実感してくれただろ。仲間を想いつつ、己の道を行く胆力も持ち合わせる……俺が思うダンディってのは、そういうもんだ」

アンナに叱られ、それ以上藪蛇にならないように急いでモーティマは締めくくった。

「では、次は俺の番だな」

一歩下がったモーティマと入れ替わるように、ベルナールが前に出る。

「ダンディとは、一言で言うならば……おしゃれ！　これに尽きるだろう」

「お、おしゃれ⁉」

モーティマが驚愕の声をあげた。ロベルトとグレンも、モーティマほどではないが動揺した顔でベルナールを見つめる。

「なんだ、その反応は？」

「いや、お前……いつも金色の鎧なんか着てる奴が、おしゃれって……」

「なんかとは何だ！　これは俺のこだわりだ！」

大げさに両腕を広げ、演説でもするようにベルナールは続ける。

「よいか？　自分の着るものにこだわるのは、心に余裕があるからこそできることだ。

余裕のない者は〝着られれば何だっていい〟などと考えがちだが、それでは大人の男らしい振る舞いとは言えぬ」

「そうですね。男性に限りませんが、おしゃれを楽しむ余裕くらいはあった方がいいと思います」

「うむ、アンナ殿もそう思うか！　内面を磨くことも大事だが、自分が他人からどのように見られるか客観的に意識し、自分をどのように着飾るか、どう表現するか……そういった点に気を配ることこそ、余裕ある大人のたしなみであろう」

揺るぎない自信に満ちた笑みを浮かべ、ベルナールは言い切った。

しばし、何とも言えない空気がその場に満ちたが、それを打ち破ったのはグレンの一言だった。

「ちょっと訊きてェんだが、ベルナール……あんたの鎧は、自分がどう見られるか客観的に意識した結果、選んだもんなのか？」

「当然だ」

即答して、ベルナールは不意に遠い目をした。

「黄金の鎧は、戦場のどこにいても非常に目立つもの……敵が俺に攻撃を集中させてくれるなら、それほど都合のいいことはあるまい。まだ若い兵士たちを守るための、礎（いしずえ）となれるのだからな」

「……!!」

モーティマ、ロベルト、グレンの三人は再び目を剝いてベルナールを見た。

ベルナールが黄金の鎧を纏うことで、一身に背負おうとしているもの……その大きさを感じたからだ。

アンナも同様に感銘を受けた様子で、しきりに頷いている。

質問をしたグレンが、ベルナールに向かって頭を下げた。

「ベルナール、悪かった。今のは正直、ちと茶化すつもりで訊いたんだが……あんた、いい趣味してるぜ。気づけなくて悪かったな」

「いや、構わぬさ。いつか言おうと思っていたが、貴殿の仮面や装束もよく似合っているぞ。じつに鮮やかで、良い色だ」

「ふっ……ありがとよ」

「ふっ。なあに、本心さ」

ベルナールとグレンが互いを称え合ってニヤリと笑う、奇妙な光景を横目に見つつ、アンナはインタビューを進行する。

「……では、次はロベルトさん、お願いできますか？」

「おう！　俺はモーティマと同じで、着飾るより筋肉で勝負だ！　わっはっはっ！」

「お前と一緒にすんな！　俺はこう見えてもドレスを着たことだってなぁ……」

「モーティマさん、今はロベルトさんの番ですから。お静かに」

アンナが注意すると、モーティマはまだ何か言いたげにしつつも引き下がった。

ロベルトは丸太のような腕を組んで、得意げに語り始める。

「大人の男に求められるものってのは、そりゃ色々あると思うが……あえて一番大事なものを挙げるなら、包容力ってやつじゃねえか？」

「包容力……？」

「どんなことが起ころうとも、動じず受け止める強さ。他人から寄りかかられ、頼りにされて、揺らぎもしないたくましさ……それが大人。それが男だ。若え奴にはちょっと難しいだろう。人生経験がねえとな」

「まあ……一般的には、そうかもしれませんね」

「加えて、俺なら傷を癒してやることもできる！　回復魔法が得意で、しかも強くて頼もしいオッサンなど俺ぐらいだろう。包み込んで癒す、大樹のような男よ！　それが俺の掲げるダンディズムってもんだ！」

「なるほど。それはロベルトさんにしかできないことですね」

大いに納得した様子のアンナを見て、焦ったモーティマが反論する。

「ちょ、ちょっと待て！　ロベルトが癒せるのはあくまでも体の傷だろうが！　がさつなこいつに包容力がどうとか言われても、納得いかねーぞ！」

「うわっはっはっは！　わかってねえようだな、モーティマ！」

モーティマの指摘にも、ロベルトは全く動じず高笑いすら返してみせる。

その堂々たる態度に、モーティマはわずかにひるんだ。

「わ、わかってないだと？」

「心の癒しってのは、共感が全てじゃねえ。大海原を望む時のように、大らかな存在に接して癒されることだってある……」

「……！」

大樹に続いて大海原。

モーティマの中で、ロベルトのイメージがどんどん膨らんでいく。

「あるいは巨岩のように……いや、山脈のように！　俺みてえなのはな、どっしりと構えてるくらいがちょうどいいのよ。それが男の大きさってもんだ！」

厚い胸を張って吼えたロベルトに、モーティマは気圧されてのけぞる。

「ぐっ……！　な、なんてスケールだ⁉　こいつ……！」

圧倒されたモーティマは、そのまま膝をつきそうになり――後ろからグレンとベルナールの手で支えられた。

「いや、さっきから言い過ぎだろ。モーティマも言葉に引っ張られてねェか？」

「海だの山だのと。ロベルト殿はせいぜい、大きな犬くらいの癒し力だろう」

「おっ⁉　いいねえ、でかい犬は好きだぜ？　元気で賢くて力強くて、ありゃあ確かにいいもんだ。うわっはっは！」

ベルナールの言葉にも、ロベルトは細かいことを気にせず大笑いを返す。

つられるようにアンナもくすくすと笑みを漏らした。

「スケールはわかりませんが、ロベルトさんが他人の身も心も癒せるのは本当だと思いますよ。では、次で最後ですね……グレンさん？」

アンナがまとめると、四人目の参加者であるグレンが前に出た。

仮面に隠されたその瞳がどんな感情を浮かべているのかは、誰にも窺い知ることはできない。

誰かがゴクリと唾を飲む音がした後で、ようやくグレンは口を開いた。

「最初に訊きてェ。大人ってのは……何だと思う？」

「……難しい質問ですね。どう答えればいいのか……」

「シンプルに考えりゃいい。どんな動物だって、テメェの子供ができりゃ、もう子供でいるわけにはいかねェ。親に……大人になるしかねェ。違うか？」

「それは、まあ……」

「つまり人間ってやつは、テメェの子供を育て上げることで初めて、大人として完成するのさ。そうして、やっと一人前になれる」

「異議あり!!」

モーティマとベルナールの声が重なった。

グレンの言葉に聞き入っていたロベルトだけが微動だにしなかった。

「てめえ、ズリィぞ！　自分だけ子持ちだからって、そういうの持ち出してくるのは反則だろうが！　このインチキ天狗野郎！」

「モーティマ殿の言うとおりだ！　理由があって子供を持てない者は……モテない者は永遠に半人前だとでもいうのか！」

「ンなこと言ってねェだろ⁉　っていうか、お前らだって山賊だの鎧だの、自分だけの武器を散々持ち出してきたくせに、なんで俺にだけ文句つけやがる！」

猛然と詰め寄る筋肉だるまと重装歩兵を前に一歩も引かず、グレンは言い返した。

「うるせーっ！　だいたい妻子持ちのくせにこんな勝負に参加してきやがって、さらにモテようって魂胆が気に入らねえんだよ！」

「だから俺ァ辞退するっつったろうが！　引き留めたのはお前らだろ！」

「貴殿を引き留めてなどおらん！　自信がないのかと訊いただけだ！」

醜い言い争いを繰り広げる三人を見て、アンナはさすがに腰が引けてきた。

「あ、あのー……できれば、話を戻していただけると……」

そう促すアンナの声も届かず、三人は今にも取っ組み合いのケンカを始めそうなほど険悪な空気を発していく。

突っ立って事態を静観していたロベルトが、おもむろに口を挟んだ。

「まだインタビューの最中だろ？　今のやり取り、書かれちまってもいいのか？」

ピタリ、と三人がまったく同時に動きを止めた。

無言のまま互いに距離を取り、目をそらす。

「……異議を取り下げるぜ」

「うむ」

大人しくなったモーティマに、ベルナールが同調する。

グレンもひとつ咳払いを挟んで、軌道修正する。

「つまり、俺が言いたいのは……誰かを育てる立場を経験すべきだってこった。山賊だろうと兵士だろうと、そりゃ変わらねえ」

「……そ、そうですか」

対象を広く取ったグレンの発言にアンナが戸惑う一方、モーティマとベルナールは、うんうんと大げさに頷いた。

「人に教えることで学ぶ、って経験もあるからな。そりゃ間違いねえわ」

「いやー、さすがはグレン殿。含蓄のある言葉だ」

あまりにも白々しいふたりの反応に、アンナは手にしたペンを取り落としそうになりながらも、なんとかインタビューを最後までやりきったのだった。

●

翌日——広場の掲示板に、その告知は大きく張り出された。

『第一回　王国軍ダンディ決定戦　開催のお知らせ』


告知には、いくつかの事項が記してあった。

最もダンディな男を決める大会を開催すること。

その投票は今から三日後に行われること。

参加者はモーティマ、ベルナール、ロベルト、グレンの四人であること……。

掲示板には参加者四人の肖像画と、アンナが書いたインタビューのメモを基にした、アピールポイントや各々の意見が張り出されている。


「クックック……ついに始まるわけだな。俺たちの熱い戦いが……」

掲示板の前で仁王立ちしながら、モーティマは瞳をぎらつかせて笑った。

その隣で、まばゆく光る黄金の鎧を揺らし、ベルナールが告知を覗き込む。

「さすがはアンナ殿。完璧に仕上げてくださったな」

「これだけ目立つところに張ってありゃ、反応もいいんじゃねえか？」

「ああ。とあるダンディな魔術師からは〝なぜ自分も誘ってくれなかったのか。今からでも参加したい〟という声もあがっているほどだ。さすがに三日後の開催ゆえ公平性を欠くので、今回は参加を見送ってもらったが……」

「いいじゃねえか。そういう意欲のある奴を、第二回の決定戦でチャンピオンとして迎え撃つのが楽しみだぜ」

「もう勝ったつもりでいるのか？　残念だったな。勝つのは俺だ」

ベルナールが宣言すると、モーティマが鋭い眼差しを向ける。

ふたりの間に火花が散った――のは、ほんの一瞬のことだった。

モーティマは頬を緩め、穏やかな空気を纏う。

「そもそも俺が思いつきで言い始めたことを実行に移せたのは、お前らが付き合ってくれたおかげだ。感謝してるぜ」

「……それはお互い様だ」

ベルナールも毒気を抜かれたように、自然な笑みを浮かべてそう返した。

「ロベルト殿やグレン殿も、一時は険悪になったものだが、それほど勝負に真剣になってくれているということだな……俺は良い仲間を持った」

「仲間でもあり、時にはライバルでもある……か。ふん、面白え」

モーティマはいつも通りの野卑な笑みに戻ると、横目でベルナールを睨みつけた。

「恨みっこなしだぜ。三日後の勝負で、誰がテッペン取るか決めるぞ」

「ああ、今更言うまでもない。勝つのは俺か貴殿か……それともロベルト殿か、グレン殿か……楽しみにしているぞ」

互いに闘志の宿った瞳で見つめ合いながら、ふたりは全く同じことを考えていた。

自分こそが王国軍で最もダンディな男だ――それを証明してみせる、と!!

●

……………三日後の夜。

酒場の一角にて、テーブルを囲んでひたすら酒を酌み交わしている男たちの姿があった。

男たちの名はモーティマ、ベルナール、ロベルト、グレン――。

いずれも今日行われた『第一回　王国軍ダンディ決定戦』に参加した者たちだった。

「つがああああぁぁ!!　ちくしょうがぁぁぁ!!」

モーティマは荒れに荒れており、ビールジョッキでテーブルを何度も叩きながら絶叫していた。

そんな様子を、ベルナールは苦虫を噛み潰したような顔で睨みつける。

「気持ちはわかるが、せめて静かに飲まんか!　俺だって叫び出したいくらいだ」

「だってよぉ……やってらんねえよ、クソが……!　この世には夢も希望もありゃしねえ……!」

ほとんど絡み酒のようになっているモーティマを、ロベルトがなだめにかかる。

「まあ、引きずってもしょうがねえって。俺たちの魅力が世に伝わるには、まだまだ時間がかかるってことだろ……たぶん」

「テキトー言うんじゃねえよ！」

悪びれもせずに答えて、ロベルトはモーティマのグラスに酒を注ぐ。

荒れたり慰めたりしている他の三人を眺めつつ、グレンは優雅にグラスを傾ける。

「ふっ……残念だったよなァ。ま、こういうこともあるさ」

「グレン、てめえ……」

「すまねエな、今回は俺の一人勝ちだ。そう気を落とすなよ。こういう結果になるかもしれねエってことくらい、頭のどこかにはあっただろ？」

「なんでお前が勝ったみたいな空気出してやがる！　あんなザマじゃ、全員負けみたいなもんだろうがっ!!」

全力で怒鳴りつけるモーティマの隣で、ベルナールが深い深い溜息をつく。

「四人全員、得票数が全く同じで引き分けになった……のはいいとして。問題は、その票自体がさっぱり集まらなかったことだな。ひとりあたり、まさか両手で数え切れる程度とは……」

「投票期間を一日に絞ったのがまずかったかもなぁ。今日は緊急の任務が入って、人数がかなり減ってたらしいし」

反省点を洗い出そうとするロベルトの隣で、グレンはマイペースに飲み続けている。

五日前、酔ってモーティマたちに絡んできた時よりも更に酒量は増えていたが、今日のモーティマたちとは違ってヤケ酒ではなかった。

「ホムラの奴、今日はわざわざ俺の応援に来て、一票入れていったんだぜ？　あいつときたら、今まで散々心配かけるような真似しておいてよ……またこんな風に過ごせる日が来るとは、一時は夢にも思わなくてなァ……」

「もうその話は聞いたっつうんだよ！　五回も！　親バカ天狗が！」

すっかり泥酔したグレンと、彼を一喝するモーティマを眺めて、ベルナールは脱力したように苦笑する。

「グレン殿の一人勝ちというのも、あながち間違いではないな。嬉しい結果になったのは彼だけなのだから」

「今回は前準備が足りなかったんだよ！　そうだ、すぐに第二回をやるぞ！　他にも参加希望者はいるんだろ？　規模を大きくすりゃ人も集まる！」

「モーティマ殿、残念だがその件は既に当たってある。その参加希望者は、次があっても参加は辞退するそうだ……今回の得票数を見て、参加しても恥をかくだけだと悟ったのだろう」

ベルナールの報告は、執念深く諦めきれずにいたモーティマの心にトドメを刺したようだった。

がっくりと上体を倒し、頭からテーブルに突っ伏す。

「ちくしょぉぉ……部下の連中に意地張って、投票には来なくていいなんて言うんじゃなかったぜ……組織票がありゃ、せめて俺が優勝してたのによぉ……」

「そんな虚しいことを言うんじゃない」

「ベルナールの言うとおりだぜ。ほれ、もっと飲めって」

空になったモーティマのグラスへ、すかさずロベルトが酒を注いでくる。

モーティマは顔を動かさないまま、視線だけで彼を見上げた。

「ロベルトはヘコんでねえのかよ。せっかく張り切って企画したのによぉ……」

「いいじゃねえか。こういうお祭りってのは、全力で楽しむことが大事だろ？　結果なんてどうせ俺たちの手じゃ完全にコントロールできねえんだ。目いっぱい楽しんだんだから、それでいいだろ」

いかにもロベルトらしい、豪気な答えだった。

それを聞いて、ヤケ酒に濁りつつあったモーティマの目に、輝きが戻った。

「……ああ。お前の言うとおりだぜ。いつまでも過ぎたことを考えて、しみったれたこと言ってても仕方ねえ。もっと前向きにならねえとな」

「おう、その意気だぜ！　それでこそ荒くれどものリーダーよ！」

モーティマとロベルトはグラスを突き合わせ、同時にガハハと笑った。

「よぉぉし！　今夜は酒場中の酒を飲みつくす勢いで飲むぞ！　ベルナール、てめえも付き合え！　心の膿を、酒で洗い流すんだ！」

「加減は知るべきだと思うが……まあ、たまにはいいだろう。俺たち四人は、一度きりの舞台で争った戦友だからな」

「戦友！　いいこと言うぜ！　今日のベルナールは鎧だけじゃなくて、心まで金色に輝いてんなぁ！　うっはははは！」

「そういう貴殿も、今日の件で一段と男に磨きがかかったのではないか？　どれ、ダンディな男の飲みっぷりを見せてくれ！　ロベルト、貴殿もだ！」

「おう、任せろ！　ぐいっと一気にいこうぜ。なあ、グレン！」

相当酒が回っている様子で頭を揺らしていたグレンに、ロベルトが呼びかける。

「あァ……もう一回話せってか？　娘がな、俺に一票入れに来やがって……」

「しつけえ‼」

グレン以外の三人が同時にツッコミを入れた。

ショックを乗り越えていつも以上に元気をみなぎらせる者。

元から割り切っていてあまり変わらない者。

テンションが上がりすぎて先に酔いつぶれかけている者。

それぞれに違う顔を見せながらも、漢たちの賑やかな宴は夜通し続いたのだった。

千年戦争の後に

籠乃あき

――サナラ姉さまが、アンブローズ姉さまに襲われている。

そんな光景を見て「止めに入らないと」ではなく、「懐かしいな」なんて思ってしまったのは、きっとこれが夢なのだと私が自覚しているからだ。

何しろ、アンブローズ姉さまが転生前の姿だし、サナラ姉さまの方も面影は残っているけれど、容姿が今のそれとは少々異なっているのだから。


これは、千年戦争の頃の夢だ。

母さまから、この弓を受け継ぐ前のこと。

そして魔王ガリウスとの決戦が終わった、そのすぐ後のこと。

嫌がる英雄王を引っ張り出して、みんなで祝勝の祭りを開いた時の思い出だ。


「あっ、ユージェンちゃん！　見てないで助けてくださいぃ⁉」

久々にこの頃の夢を見たな、なんてしみじみと思っていたら、いつの間にかサナラ姉さまが大変なことになりつつあった。

「ふっふっふぅ、隙（すき）ありですサナラちゃん！　今日もふにっふにですねぇ！」

あーあー、揉みしだかれてる。

大地を読み解き、地脈を操る偉大なるサナラ姉さまが弄ばれておられる。

アンブローズ姉さま、お酒が入るとすごい絡んできたものなぁ……。

現代だと転生に失敗して、身体が童女並みに小さくなったせいで酒精の許容量が下がったらしいけれど、千年戦争当時のアンブローズ姉さまはデカくてカッコよくて酒にとても強い、でもお胸がなだらかで慎ましいお姉さまだった。

そんな恵まれた美貌と才能を備えていたものだから、英雄王の軍勢に属する皆は、我先にと飲み比べを挑んでいく。

そうして見事に轟沈していくのが、ひとつの風物詩となりつつあったくらいだ。

──なんてことを考えていたら、サナラ姉さまがとうとう轟沈していた。

これは酔い潰されたというより、揉みしだかれるのに疲れた方じゃないだろうか。

「ううう、今日こそアンブローズちゃんをひんひん言わせるはずがぁ……」

しかも、仕掛けたのはサナラ姉さまの方だったらしい。

「連戦連勝、今日もあたしの勝ちですねぇ」

お見事。でもその魔手を、私の方に伸ばそうとするのは御免被る。

「……はぁ。こんな日々もそろそろ終わりなんですかねぇ」

「えぇ、魔王ガリウスも封じましたし、これで私たちの戦いは終わりでしょうね」

アンブローズ姉さまの言葉を受けて、サナラ姉さまも頷く。でも——

「これからも戦いは続くでしょう。しかしそれは、もう私たちの出る幕ではありません」

「きっと、人と人の戦いになっていくんでしょうねぇ……」

……あの頃の私は、それを理解していなかった。

でもこのふたりはそれを知った上で、いつか目覚める魔王との戦いで、人類が手を取り合い、再び立ち上がることに賭けたのだろう。

だからこそ、サナラ姉さまは肉体の延命と記憶の封印を。

アンブローズ姉さまは魔術による転生の継続を決めたのだと思う。

その先の未来に、英雄王がいないと知っていても。

「んん、ユージェンちゃんどうかしましたかぁ？」

「あっ、いいえ、その……懐かしいなって思っただけで」

「——懐かしい？」

あっ、しまった。

「あー……ふふっ、なるほど。では目的地はあちらですよ」

ん、あれ？　サナラ姉さま、もしかしてここが夢だって気付いている？

それに目的地というのは——

「ほらほら、目が覚めちゃう前に会っておきましょうよ。会いたい人、いっぱいいますよね？　それじゃ、行ってらっしゃい！」

私がサナラ姉さまを「そういうことができそうな人」だと思っているからこんなことを言ってくれたのか、それとも、何らかの手段で御本人がここに介入しているのかはともかくとして。

確かに、会いたい人がいる。

もう二度と会えないところへ行ってしまった人たちが、いる。

だから、私はこの夢の世界を、歩んでみることにしたのだった。

◆

英雄王の番犬、あるいは狂犬、時々忠犬。

私が母さまに拾われるより前には、アトナテスおじさまは、義勇軍の皆からそんな呼び方をされていたらしい。

トラム姉さまあたりも、昔の彼は面倒な男だったって言っていたっけ。

ただその面倒さには、やっぱり家庭環境が大いに影響していたのだと思う。

「まったく、主役が酒宴(しゅえん)を抜け出してどうするんだ？」

「うるせぇ師匠。主役はアイツだろ？」

——万の武器を自在に操る戦士、アルヴァ姉さま。

そしてその弟子たるアトナテスおじさま（なお、おじさまと呼ぶと怒られる）。

そんなふたりを微笑ましそうに見守っている鍛冶の亜神さま。

「そのアイツと一緒に、魔竜で酒宴会場から逃亡しようとしたくせに。まったく、私たちの弟子は困った男に育ったものです」

ああ、戦勝の宴だっていうのに、アトナテスおじさまと英雄王は全速力で逃げ出そうとしていたっけ。

義勇軍の生き残り全員、命を落とした者たちすべて、そして後に英傑と讃えられた英雄王率いる部隊の猛者たちこそ、この場の主役だ。

そこから中心人物たるふたりが脱走したら、それはもう、皆で探しに行く。

まぁふたりとも、酒宴を遠くから見ているのは好きだけど、輪の中心に置かれるのは苦手そうな人だったから仕方ないけど。

「なんだかんだと言いつつ、こうして輪の中に残ってくれるようになったのが成長の証かもしれないね」

アルヴァ姉さまは、この頃からまったく変わらない。

戦場での苛烈さが嘘みたいに、優しくふたりを見守っている。

「ねぇアトナテス。あなたさえ良ければ、このまま本当に、私たちの子供になりません？」

「……実の父がすぐ近くにいる状況でする話かよ」

「彼にも事情があったんだよ。納得はしかねるけどね」

亜神の子であるというだけで、その人生は、きっと大きく歪む。

英傑たる母さまに拾われただけで、私の人生も大きく変わったんだ。

それなら、亜神を父に持つということが、どれだけその先の未来に影響を及ぼすのか、想像することもできない。

イルドナ様は、自分とは関係のない場所で、しがらみなく生きてほしかったのだろう。

たぶん、きっと。

「……師匠たちのことは、本当の親みたいなものだって思ってるさ。だが、今の俺には、もっとやりたいことができちまった」

「ん……やりたいこと？」

「アイツの戦いを、無意味にしたくない。この勝利を無駄なものにしたくない」

何を言っているのか、最初は分からなかった。

きっとそれは、アルヴァ姉さまも、鍛冶の亜神さまも同じだ。

アトナテスおじさまは、どう伝えたものかと言いたげに頭をかいて、

「魔王ガリウスは遥かな未来に復活するんだろ？　それならその未来を、少しでも先のものにしたい。時間を稼ぎたいんだよ。アイツがこれから作る世界が、力を付けて、魔王を消滅させられるくらいに強くなる未来まで」

「アトナテス、お前は……」

「やり方は分かんねぇけどな。でも、そう思ったんだ」

今になって、思い出す。

英雄王の軍勢、義勇軍の男性陣を「おじさま」と呼び始めたのは、アトナテスおじさまが原因だった。

戦う覚悟を決めて、優しく笑って、守ると誓ったすべてのものを守りとおす。

そんな存在を、私は初めて「大人」だって思ったんだ。

子供じみた決意でも、本物になるまで貫き実現するのが、大人なんだって。

「はぁ……アトナテス、そういうのは神にまかせておけばいいんだ。自己犠牲が許されるのは神か、英雄くらいなものなんだから」

「じゃあ、変なところだけ親父(光の亜神)に似たんだろうさ」

「そこはウィンビオ母さん(鍛冶の亜神)に似たって言うところですよ？」

「ああ？　あー、あぁ、ウィンビオ師匠も物質界守るために、神やめて物質界に降りてきたんだっけか。じゃあ似てるのかもな？」

「ははっ、照れ隠しが失敗しているぞ」

「うるせぇ！」

そこにあったのは、私の知らない、家族としての三人の姿だった。

魔竜騎士アトナテス。おじさまは、このしばらく後、魔界を放浪し、魔王ガリウスに連なる軍勢を駆逐(くちく)し続ける長き戦いに赴(おもむ)いた。

アルヴァ姉さまと鍛冶の亜神さまは、天界に戻っていった。

ウィンビオ姉さまが神との戦いで命を落としたと聞いたのは、それからずっとずっと後のこと、私がアルヴァ姉さまと再会した時のことだった。

◆

実は、トラム姉さまとはあまり話したことがない。

何かと撫で回しにくる鍛冶の亜神さまとは違って、私たちと明確に一歩距離をとっているように感じていたから。

それはきっと、亜神である自分が、必要以上に人類の意志に介入しないようにという優しさだったのだと思う。

……思うけど、でも、ちょっと寂しかった記憶はある。

だからこそ、この時に聞いてしまった会話は、私の記憶にしっかり焼き付いていた。

「……そう、やっぱり戻るのね」

モルフェサ姉さま。銀腕の亜神たるトラム姉さま以上に話したことのなかった人。

その言葉のすべてが呪詛になり、会話した者の運命すら歪めてしまうからこそ、縁の深い者以外とは言葉を交わさない、最高位の呪詛使い。

「ええ、物質界で魔王——いいえ、神たる力を持つガリウスが封印されたのだもの。天界にはきっと、嵐が吹き荒れるはずよ」

トラム姉さま。今でこそ甘味屋さんに誘ってくれたり、恋愛相談に乗ってくれたりするけれど、この頃は本当に、戦神にして軍神たる、戦争を司る存在そのものだった。

「物質界はよろしいのですか？　おそらく百年、長く見積もっても二百年の間には——」

心ある機械、アージェ姉さま。トラム姉さまの縁者では、一番多く会話をしたと思う。この頃のトラム姉さまは、刺々しい言葉や皮肉や冷徹な言い回しをあえて使っていたけれど、アージェ姉さまがすぐに「あなたたちが心配なの、と言っています」みたいに翻訳してしまっていたなぁ。

「この戦争の時代を知る者がいなくなれば、間違いなく人々は争うわ。そして人と人が争い続ければ、世界は疲弊し、いつか来る破滅の未来に抗う力すら失ってしまう」

事実、世界はそうなった。

千年戦争の後には、戦乱の時代が訪れ、多くの血が流された。

ただ、それでも——

「それでも、彼が立ち上がり、この勝利をもたらしたように、どの時代の人類も、己を律する理性を必ず備えていると私は信じているの」

「トラムは、人を信じすぎよ」

「……人を信じるような神に、大切なリアファルをくれた遺跡の守護者がそれを言う？」

りあふぁる？

「それはトラム、あなたが神剣を竜神の民にあげちゃったからよ」

「代わりに渡す武器が、まさか創造神の時代の、選王の遺跡だって誰が思うの？　遺跡を砕（くだ）いて銀腕に仕込んで、それで敵をぶん殴れだなんてびっくりしたわよ」

「だって、そうでもしないと、あなた素手でガリウスに挑んだじゃない？」

「――おふたりとも、どっちもどっちかと」

「……ふふっ。そうね。そうかも」

「モルフェサ様、追加で補足事項があります。お人好しマスターは、こんなことを言いつつ物質界にさらに戦力を残していくつもりです」

「ちょっと、アージェ――」

「アージェが、物質界に残ります。いつか人類が、大いなる脅威に挑む時のために」

「クラウソラスに、アージェまで？　トラム、自己犠牲が過ぎるんじゃない？」

そう問われた後の、トラム姉さまの表情は、見慣れたものだった。

この時代で、ではなく、今のトラム姉さまのような、優しい微笑み。

「これは自己犠牲じゃないわ。私はね、人類のことを信じたいの」

「信じているから、とんでもない武力を渡すの？」

「いいえ、信じているから、信じた者たちが本当の危機に陥った時に、力になってあげたいのよ」

「……はぁ。天界にも物質界にも、頭のネジが外れたお人好しがいたものね」

「ちょっと、彼と並べないでくれる⁉　私、あそこまでぶっ飛んでないわ！」

「——どっちもどっちかと」

◆

トラム姉さま、根っこの部分は何も変わってないな。

なんて、そんなことを考えながら歩いていると、神獣がごろごろにゃーしている現場に遭遇してしまった。

「ははは、こやつ、嬉しさのあまり喉を鳴らしておるぞ」

砂漠の国の女王——いや、かつての、この時代における女王。ホルテウス姉さま。

神より神獣スフィンクスを使役する権能を与えられ、その強大な力で幾度も母さまたち、英雄王の軍勢を救ってくれた女傑。

そんなすごい方が、スフィンクスの喉をごろごろして遊んでいた。

周囲の兵士たちは、共に戦場を駆け抜けた神獣の、あまりに可愛(かわい)らしい仕草とのギャップに困惑しつつ、その様を微笑ましそうに見守っている。

「……そろそろこの子たちともお別れですし、めいっぱい可愛がってあげないとですね」

そう言いつつ、山盛りになった餌(えさ)を神獣ガルーダと、神獣ベヒモスに食べさせているのはミルドリス姉さま。

ホルテウス姉さまが「神獣を従え、軍勢を指揮する女王」だとしたら、ミルドリス姉さまは「神獣に騎乗し、数多（あまた）の騎士たちと共に戦場を駆ける戦士」だった。

トラム姉さまの創造した天使（フィオン姉）さま率いる騎士団の副団長を務め、不利な戦線に全速力で駆けつけるミルドリス姉さまの姿が、どれだけ兵たちの心の支えになっていたのか。

それは神獣をあやす彼女を見守る、兵たちの数の多さが物語っている。

「ん……なんだ、まだそんなことを悩んでおるのか。神獣をこのまま残しておくことができぬというのは、もうふたりで決めたことだろう」

「それはそう、なんですけど……」

「どれだけ可愛かろうと、神獣は神獣。神の創りし兵器なれば、必ず争いの火種になる。せっかくあやつが魔王を封じたのだ。いらぬ火種を残していく必要はあるまいて」

ホルテウス姉さまの言葉は、正しい。

封印が解け、暴走した神獣や、何者かに操られた神獣は、現代においても災害のひとつにも例えられる程の被害をもたらしている。

神獣は、兵器なのだ。

担い手が不在となれば、争いの火種となるのは間違いない。

「なに、汝（なんじ）のガルーダとベヒモスのその後は任せておけ」

「……はい？」

「我はスフィンクスと共に、砂漠の危機に備えて眠るつもりだ。目覚めた後、汝の神獣も一緒に面倒を見てやっても良いと言っておるのだ」

「……自分を、封印するんですか？」

「然り。我は女王ゆえな。幸いなことに、砂漠の血族は絶えておらぬ。次代の女王も聡明なれば、我は安心して未来に備えることができる」

「……未来に、備えて」

「汝も、何が最善か考えておくとよい」

ぽんぽん、とホルテウス姉さまは、ミルドリス姉さまの頭を撫でる。

こうしていると、本当の姉妹のようだ。

「世界のために、何が最善か、ということですよね」

「たわけが。汝のために何が最善なのかだ」

「えっ、ええっ⁉　でも今――」

「我の優先順位は砂漠、我、世界だ。砂漠の国が平穏で、我が愉快で楽しくなくては、世界に存在価値などないわ」

「女王の発言とは思えな……いえ、むしろ女王らしいのでしょうか？」

「国の主は高慢でなければな。――ミルドリスよ、世界がなんと言おうと、我は汝の選択こそが正しいと断言できる。汝の思うがままに、したいことをするために、これからはその命を使うがよい」

「やりたいこと、したいこと……」

「恋も知らぬのだろう？　男遊びのひとつもせぬとは、それでも勇猛果敢、絢爛華麗、最強と謳われしフィアナ騎士団副団長か？」

「騎士団と恋愛は関係ないですよね⁉」

「はっはっは、騎士と恋愛は切っても切れぬ関係ではないか」

「それは物語の中の話で！　私はそういうのは……⁉」

……やはり、こうしていると姉妹のようだ。

出身地も、境遇も違う者たちが集った義勇軍。後に英雄王の軍と呼ばれる仲間たちは、やっぱり家族のような存在だった。

これ以上、彼女たちの会話を聞いていると泣いてしまいそうだったから、私は次の場所へ赴くことにした。

◆

「――ユージェン、急に背が伸びましたね」

そんな声に振り向くと、小柄な少女が小首を傾げていた。

遥かな過去より、この戦いに駆けつけてくれた戦士。世界を超える者、エフトラ。

魔王ガリウスとの決戦の頃には、まだ私と同じか、それより小さな女の子だった。

最近のお姉さんらしい容姿にも違和感を覚えなくなってきたが、やはり、この小柄な姿の方が私には馴染みがあった。

とはいえ私もつい最近までその存在を忘れていた——彼女自身の手によって記憶を消されていた——ために、懐かしいというほどではなく、久しぶり、といった感覚が近い。

「ダークエルフの成長速度は、人間より遅かったと記憶しているのですが」

「あぁ、これは……うぅん、説明が難しいですね……」

これは私の夢の中で、あなたはその登場人物です、と説明するのは簡単だが、せっかくの機会に水を差したくはなかった。

何しろ、あの戦争の時分において、エフトラは私にとって数少ない同年代の友だちだったのだから。

「説明しにくいことを、あえて聞き出そうとは思いません。それに、私もユージェンを探しているところだったので」

「私を……？」

「ええ、魔王ガリウスも封印しましたし、そろそろ私も旅に出るのでご挨拶に。以前、何も言わずに長期遠征に行った時に叱られたので、学習しました」

「友だちが突然行方不明になったら心配もしますよ。それで、旅に出るというのは——」

そこまで言って、記憶が繋がっていく。

確か彼女は、私に最後の別れを告げたあと、全員の記憶を封じて時空を超える旅に出

たはずだった。

これはその時の記憶、エフトラが私の前から消えた、最後の思い出。

またエフトラとお別れになる。

ただの夢だとは分かっていても、溢れ出る言葉を止められなかった。

「エフトラ、待って、待ってください。これは夢なので！　夢の世界ですから、まだお別れを言う必要はないんです！」

「…………夢？」

「そう、そうです。ですから、もう少しだけ一緒に歩きませんか？」

目が覚めれば、本物のエフトラがいる。

それでも、どうしても、もう少しだけ一緒にいたかった。

「……理解しました。では、もう少しだけ」

「ありがとう、エフトラ」

なぜ自分は、こんなワガママを言ってしまったのだろうか。

エフトラの邪魔をしてしまったことに、少しの罪悪感を覚えつつ、私たちは酒宴の合間を縫うように歩みを進めた。

「そういえば、イムラウは？」

「船の準備をしてくれています。……ついてくるなと言ったのですが、絶対ひとりにはさせないと泣かれてしまいまして」

「イムラウらしい。私もそうやって泣いていたら、エフトラに連れて行ってもらえたのでしょうか」

「…………ユージェンを連れて行くことは、なかったでしょう」

それはなぜ、と聞くだけの勇気は、私にはない。

「イムラウも私も、家族がいませんから。でもユージェンにはお母様がいるでしょう」

あの人をひとりにさせるようなことはできません、とエフトラは当然のように頷く。

「家族と認識できる存在がいるというのは、とても幸せなことです。私にも研究所の皆がいましたが、もう会うことはできませんし」

「友だちという存在も、大切で、幸せなものだと思いますよ」

「ええ、私もそう思います」

そんなことを話しながら歩いていると、少し先の方に見慣れた者たちが見えてきた。

酒樽を小脇に抱えて、豪快に笑う大妖怪山ン本五郎左衛門——ザエモン姉さま。

後にヴァンパイアの王国を築く、麗しの薔薇、リヴン姉さま。

ふたりはこちらに気付くと、軽く手を振ってきた。

「おうおう、ちびっこコンビじゃねぇか。酒はだめだぞ？　ん？　っていうか片方背が伸びてねぇか？」

「ザエモン、呑みすぎだぞ。まさか幻でも——いや、うん、伸びているな」

「だろ。おいユージェン、いったいどんな妖術を使ったんだ？　もしや身長が低いことをずっと気にかけて……」

「ち、ちがう。違うけど、説明が難しくて……」

「まぁいいじゃないか。本人が気にするなというのなら、別に困った状況というわけでもあるまい」

「ん、それもそうか。ま、伸び縮みする妖怪なんざいくらでも見たことあるしなァ」

私は妖怪じゃなくてダークエルフなのだが。

そういえば、このふたりは明確に「とても年上の大人」という印象だったせいか、あまり話したことがなかった。

東の国の大妖怪と、不死の偉大な吸血種を前にして、ダークエルフの小娘が何を話せるというのだろうか。

だが、今は違う。今のふたりを知っている私なら、何か話せるかもしれない。

「えぇと……ふたりは、このあとどうするのですか？」

すると、ザエモン姉さまとリヴン姉さまは顔を見合わせて、

「ちょうど今、その話をしてたんだよ。なぁリヴン」

「ああ。やりたいこと、行きたい場所、色々とな」

「俺ァ世界を巡ってみようかと思ってる。ルキファのヤツが行方不明のままだし、航路の安全確保って名目で決戦直後から冒険に出たバカもいるし、祖国復興のためにすぐ戻った連中や、別の大陸にいたせいで、今日ここに来られなかったヤツもいるからな。一

緒に乾杯できなかったヤツらに会いにいくの、楽しそうだろ？」

「久々に会った戦友を酔い潰したりするなよ？」

「あはは……ザエモン姉さまはうわばみですからね」

「うまいもんは別腹なんだよ。で、リヴンはどうするか教えてやれよ」

「あぁ、私は家族を作ろうと思っている」

へっ。

「家族⁉　だ、誰かとけ、け、結婚とか……⁉」

思わず声が裏返ってしまった。

リヴン姉さまはおかしそうに笑って、

「いや、国というべきなのかな。君たち人類のことが、羨ましくなってしまってな」

そう言って、リヴン姉さまは遠くを見つめる。

「吸血種は他にもいるが、どれも個体で完結した生命だ。私には、明確に親や子、姉妹と呼べる存在がいない。だから……恥ずかしながら、憧れてしまったんだ」

「恥ずかしいとか思うなよ。憧れは大事だぜ？　国ができたら遊びに行くからよ、山ほど酒樽をかついでな」

「まだ見ぬ私の国民を酔い潰してくれるなよ……？」

「そいつは保証できないな……！」

「はぁ……まったく……。そうだ、ユージェンにエフトラ、どこかへ向かう途中だったんじゃないか？　すまない、呼び止めてしまったな」

「いえ、おふたりとも話したかったので」

リヴン姉さまは、そうか、と申し訳なさそうに微笑む。

「まぁ、俺たちはまたいつでも話せるだろ。寿命なんてあってないようなもんだしな」

「ああ。またいつでも会えるさ」

現実には、そう簡単には会えなくなる。

ザエモン姉さまは、神獣の暴走を鎮めるために自分ごと封印を施してしまうし、リヴン姉さまはある魔術に失敗して、長らく本来の記憶を失ってしまったから。

でも、今は違う。

夢から覚めれば、また話すことができる。

——また後で。ザエモン姉さま。リヴン姉さま。

◆

「あっ、ユージェン！　エフトラ！　おーい、こっちこっち！」

いったい何事かと思ったら、ラーワルとラーワルとラーワルが駆け寄ってくるところだった。

戦闘も終わったというのに、なぜか三体分の肉体を同時運用しているらしい。

「あっ、これ？　ほら、話したい人とかいっぱいいるからさぁ。効率重視？」

光の亜神イルドナおじさまは、天使も神獣も創らず、その魔力をすべてラーワルちゃんに注いだらしい。

そうして出来上がったのが、人類の魔導技術と神の魔力による、この可愛いラーワルちゃんたちなのだった。

「パパー！　ユージェンとエフトラ来たよ！　ほら！　いつまで難しい顔してるのさ！」

ラーワルちゃんの呼びかける方を見れば、言葉通りに難しい顔をしているイルドナおじさまがいた。

パパ……パパか……。

「ああ、すみません、少し考え事を」

「何か頼まれたんだって？　なになに？　結婚式のすぴーちとか？」

「いえ、彼の頼みなら余興だろうとスピーチだろうとこなしますが……」

イルドナおじさまが、英雄王のことをどう思っていたのかは、実はよくわからない。

慕（した）っていた、相棒だと思っていた、友情を感じていた、好きだった、信頼していた、色々とそれっぽい言葉は思いつくが、そのどれでもないような気がする。

男の友情、みたいなものは、今でもよく分からない。

アトナテスおじさまとか、白の皇帝陛下とか、それに王国の男性陣も――うん、何なんだろう？

男と男にしか分からない、謎の友情というものがあるんだと思う。ずるい。

で、そんな英雄王に何かを頼まれて、イルドナおじさまは困りきっている様子だった。

「……実際には、そこまで困ってはいないのですがね。ただ、随分と大きな使命を任されてしまったなと」

「へぇ、世界平和とか？」とラーワルちゃん。

「子供が生まれたら家庭教師を任せたい、でしょうか？」とエフトラ。

「………」何も言えなかったのが、私。

その答えを、未来――現代の事件で知っている私が口にするのはよくない。

「――世界を、任せると」

「へぇぇっ！　すごいじゃん！　世界！　世界の味方！」

「彼は女神アイギスによる永遠の命を拒んだそうですから、自分がいない後の世界を誰かに任せたかったのでしょうか」

「ええ、ですが、さすがに任せるものが大きすぎますよ。光の亜神の両手をもってしても足りません」

「パパ、そんなの気にしなくていいよ！　パパには私たちがいるし、ユージェンも、エフトラも、絶対手伝ってくれるよ！　んっふっふー、正義の味方だー！」

英雄王が任せた、世界。

それがどれだけ大きくて重いものなのか、王子と共に歩むようになってから、私はようやく理解した。

　この時点でその重さに気付けたのは、英雄王の近くにいた人たちだけだろう。

「……物事はそう簡単では――ん、おや？　ユージェン……あなたは……」

　また、背が急に伸びたと言われるのだろうか。

「今のあなたは、分かっているようですね。世界の存続を任されることの意味を」

「それは……いえ、今の私は――」

「ふふ、そういうことにしておきましょう。未来のあなたによろしくお伝えください」

　……どうして私の夢の中なのに、サナラ姉さまといい、イルドナおじさまといい、勝手に理解していくのだろう。

　目が覚めた後に、念のために問い詰めにいくとしよう。

「さぁ、そろそろ朝も近いですし、会いたい人のところへ行くべきでしょう」

「……はい」

「おっと、その前に一度、彼に会っていってください。これがただの夢か、あるいは何らかの奇跡なのかは分かりませんが、彼は今のあなたに会いたがるはずです」

　彼……英雄王？

「ええ、今思い浮かべたとおりの彼です」

◆

「あら、ユージェンちゃん」

出迎えてくれたのは、「あの人」だった。

酒宴のど真ん中、後に英雄王と呼ばれることになる彼と、彼が一途に想い続けていた将来の奥方たるあの人。

宝剣に紫電の家紋のブローチは彼女の高貴なる出自を示している。銀の髪美しく、戦場においては皆を奮い立たせ、日常においてはよく笑う、優しいお姉さん。

亜神より授かった答えをもたらす剣が、戦場らしくないドレス姿に良く似合っている。

「ごめんなさいね、彼、兵たちに弄ばれているところで」

どういうこと？　と思って陣幕を覗き込むと、兵たちが乾杯を繰り返し、魔王を封じた英雄を讃える歌をうたい、「彼」の杯が乾かぬようにと次から次へと酒を注いでいた。

誰も彼もが今夜の主役たる彼と、酒と言葉を交わしたいのだろう。

ようやく取り戻せたこの大地は、彼がいなければ、今も魔王のものだったのだから。

「……ユージェン？」

そんな渦中の彼だったが、どうやら私に気付いていてくれたらしい。

べろんべろんに泥酔しているあたり、いくら酒に強い彼でも、今日は羽目を外しすぎているのだろうか。

王子も時々こうなるよな、なんて思っているところに、彼が投げかけた言葉は意外なものだった。

「大きくなったね」

………。

「世界は、魔王は、どうなった？」

これは、都合のいい夢だ。

私が彼に、どうしても、王子の成し遂げたことを伝えたかったから、だから見てしまった、都合のいい夢に違いない。

それでも、ひとことだけなら、許されるだろうか。

「──王子は、誓いを果たしました」

英雄王は、泣きそうな笑顔を浮かべて、ただ「そうか、やったか」とつぶやいた。

「ありがとう、ユージェン」

◆

その後、私はエフトラに支えられて陣幕を出た。

切り株に腰掛けて、呼吸を整える。

感情が揺さぶられてしまった。不甲斐(ふがい)ない。

「ユージェン、あなたは未来のユージェンなのですね」

「……はい。正確には、未来の私が、過去の夢を見ているのですけど」

「……誓いを果たした、というのは——いえ、今は聞かない方が良いのでしょう」

いずれ、エフトラも知ることになる。

人類はたしかに、未来を勝ち取ったのだ。

でもそれを、今ここで伝えてしまうのは違う気がした。

「問題ありません。未来に何があっても、ユージェンが危険な時には、私が駆けつけているはずです」

「あはは、たしかに。駆けつけてくれましたよ——っと、これも伝えない方が？」

「いいえ、私がユージェンの危機に駆けつけるのは、疑いようのない事実です」

そんな雑談をしていると、心が落ち着いてきた。

そろそろ、朝も近い気がする。

一番会いたかった人に、会いに行かなくては。

あの人はどこにいるのだろう。

まぶたを閉じて、耳を澄ませてみると、

「——トゥアン、本当に故郷に戻るのですか？」

「何も残ってないって言いたいのか？　いいんだよ、故郷のために戦ったんだ。誰もいなくなっていたって、あたしは勝ったぞって報告しにいかなくちゃな」

トゥアン姉さまと、ソラス姉さまの声？

「それは大切なことですが……」

「ソラス、あたしはお前の方が心配だぞ。占星術の腕は大したもんだが、ひとりにすると生活が破綻するだろ」

「なっ……研究に熱心なだけですよ！」

「食事忘れるし部屋片付けられないし、お前の夫になるヤツは苦労しそうだなぁ」

「人のこと言えないじゃないですか！」

あのふたりは、ずっと変わらない。本当に。

懐かしいな、という気持ちも湧いてこないくらい、今でも同じやり取りを続けている。

そうして、そろそろ出発しようかと立ち上がった、その時だった。

「まぁまぁ、あっ、ふたりともうちの子になる？　ユージェンの妹に」

――私の、妹、に。

そんな言葉を、発することのできる人。

そして、聞き覚えのある、絶対に忘れない、この声。

「――母さま！」

思わず、駆け出していた。

隣の陣幕、薄い灯りの中にいたのは——

「ユージェン、どうしたのですか、そんなに焦って」

ソラス姉さま。

「ん？　腹が減ったのか？」

トゥアン姉さま。

「……ユージェン？」

母さま。

さすがに、涙を堪えることはできなかった。

視界が歪むせいで、母さまの姿がよく見えない。涙を拭っても、すぐに溢れてくる。

「ああ、そういうこと……」

母さまは、ゆっくりと、優しく、私を抱きしめてくれた。

「ユージェン、本当に、立派になったわね」

「母、さま……ぐすっ……」

「どう？　元気にしている？　友だちは増えた？」

「はい……毎日困ったこと、ばかり、ですが……友だちも、増えました」

「そう、よかった。本当によかった」

魔王はどうなったとか、世界はどうなったとか、他の英傑たちはとか、色々話したいことはあった。

でも、母さまに抱きしめられるこの感触とぬくもりが、私のあらゆる思考を消し飛ばしてしまった。

好き、大好きという感情は、きっとどんなものより強いのだ。

「はぁ、私にも困ったものね。こんなに泣かせちゃうなんて」

「あなたはいつでも困った人ですよ。ほら、お詫びにユージェンをもっとぎゅっと！」

「日頃の行いが悪すぎるんだよ、ったく」

ソラス姉さま、トゥアン姉さま、母さまは困った人じゃないです。

なんだかおかしくて、泣いているのに、笑ってしまう。

そうして、私は母さまに抱かれたまま、少しずつ夢から覚めていった――。

◆

「ユージェン、寝坊ですか？」

まぶたが重い。

眠りながら泣いていたようだ。

扉の向こうから聞こえるのはエフトラの声。そういえば、今日は白の帝国との合同演習だったはず。――寝坊⁉

「い、いま行くっ！　着替えるから待っててくれ！」

「問題ありません。着替えが終わったら、ユージェンをお姫様抱っこで駆け抜けます」

「お姫様抱っこはいらない！」

はぁ、私としたことが。

合同演習に遅刻しそうだというのに、なぜか、口元が緩んでしまう。

笑っている？

何か、いい夢でも見たのだろうか。

「ユージェン、そろそろ開けてもいいですか？」

「だめだ！　今脱いだところだから‼」

「着せるのを手伝いましょう」

「だから！　いいから！　待ってて‼」

今日も、きっと良いことがある。どうしてか私の心は晴れやかだ。

母さま、今日も行ってきます。

いつもどおり、短くそんな報告をしてから、私は大切な弓を携え駆け出した。

最強料理トーナメント

青本計画

王子のいない王城とは、言わば茶色いお弁当である。

彩りがないとはつまり、色気がないということ。

売店にやってくる女性文官たちの顔を見れば分かることだが、普段よりそこはかとなく化粧が薄い。髪も乱雑にまとめられ、服が前日と変わっておらず、中には目の下に濃い隈を宿している者も少なくない。疲労と睡眠不足はお肌の大敵ではあるが、それに構っているだけの余裕もないらしい。

注文は片手間につまめるサンドイッチが多い。

では女性武官たちはどうだろう。彼女らは文官たちとは対照的に元気いっぱいだ。

元気すぎてなんかもうすごいことになっている。練兵場から厨房にまで届くほどの怒声と罵声、そして悲鳴。鳴り止まない剣戟の音は、訓練の厳しさを物語っている。

昼食時に食堂に現れる彼女らは汗と泥にまみれており、水分を吸った運動着が肌にへばりついている。シャワーよりも食い気を優先したことの証明だろう。

注文は肉がメインで、ご飯の大盛りとおかわりはマストだ。

これは繁忙期を除けば、王子の遠征中にしか目にできない貴重な光景である。

想い人には見せられない、乙女たちのちょっとずぼらで過激な姿。

見栄えよりも実利優先。しかし、そんな彼女たちの義務と献身が、復興からの成長著しい王国を根底から支えているのは間違いない。

それに対して料理人たちはというと、閑散期なので暇を持て余している。人が少ないので作る量が減るし、凝った料理の注文が出ないので手間も減るからだ。

おおよそ普段の半分の仕事量。繁忙期に比べて若干の手持無沙汰は否めないが、退屈しているかというとそれも違う。

城の主人の不在は、料理人の戦場である厨房にも変化をもたらす。見ているだけで飽きない個性的な料理人たちが、今日も何かをしでかしてくれる。

それは、王子の前では絶対に起きることのない特別なイベント。

「――料理長オーガスタ。我々は、あなたを殺します」

例えば、殺伐としたクーデターとか。

【1】

話は数分前にさかのぼる。

場所は王城内の貴賓(きひん)用調理室。最近めっきりと静かなその部屋で、オーガスタは一人でグラスを磨(みが)いていた。

「オーガスタさん、最強料理トーナメントの時間ですよ！」

そこになにやら興奮した様子で飛び込んで来たのはユッタだった。

「最強料理トーナメント？」

何か頭の悪い響きが聞こえた気がして、オーガスタは怪訝(けげん)な表情で聞き返す。

「最強料理トーナメントです！」

どうやら聞き間違いではなかったらしい。オーガスタはわざとらしく溜息を吐(つ)いた。

「ユッタさん、お昼からお酒は駄目ですよ。まだ就業時間です」

このユッタという女性は白の帝国の料理人で、現在は技術提携のため王国に出向中という立場にある。実力主義を標榜(ひょうぼう)する帝国で野戦糧食(りょうしょく)の女神と呼ばれるだけあって、その知識量はオーガスタに勝るとも劣(おと)らない才女だ。

その一方で、お調子者でお酒にだらしなく、アルコールが入ると極端に知能指数が下がってしまう。知性と理性は必ずしも比例しないのだとオーガスタに教えてくれた人物でもあった。

「いや酔ってないですよ⁉ 私だってそれくらいの分別ありますからね⁉」

「すみません、発言に知性が感じられなかったもので」

「オーガスタさん、最近言うようになりましたよね……」

ガックリと肩を落とすユッタを見て、オーガスタはクスクスと笑う。

王国にいる料理人たちの中で、一番仲が良いのがユッタだった。本人の人当たりの良さはもちろん、専門分野が違うところも大きな理由の一つだろう。

あらゆる贅を尽くし究極の美食に至らんとするオーガスタにとって、兵站の観点からコストパフォーマンスを追求するユッタの料理論は対照的で興味深く、議論が夜を越えて朝まで続くことも珍しくない。

「なんか最近私にだけ辛辣じゃありません？」

「そんなことないですよー」

「ほんとかなー？」

オーガスタはしらばっくれるが、実際はそんなこともあった。

王国の料理長という立場にあるオーガスタは、どうしても他の料理人たちとフラットな関係を築きにくい。その点ユッタは他国の人間ということもあって、しがらみのない対等な友人として接することができていた。

「はいはい。それで、その最強料理トーナメントってなんですか？」

「文字通り、最強の料理人を決める大会のことです！」

やはり酔っているのではないか。オーガスタは訝しんだ。

「違いますよ！　ほら、そろそろ王子が帰ってくるでしょう？」

「そういえばそうですね」

遠征に出ていた王子がまもなく帰還するとの報せは、いま王城内でも最もホットな話題の一つだ。

「今回の遠征は予定より長引きましたよね。その分だけ補給も厳しくなっているはずですし、噂によると食糧事情が悲惨なことになっているとかどうとか」

「らしいですねぇ」

遠征の多い王国軍で長年の課題となっているのが兵站の問題だ。王国軍も昔に比べて大所帯となっているので、必然補給の重要性も以前より増している。

近年では帝国及びユッタの協力により、システマチックな物資輸送と高品質な野戦糧食を実現してはいるが、それでも需要に供給が追い付けていないのが現状だった。

「現場の努力でどうにか誤魔化してますがね、それを聞いたアヅミさんとアシュリンさんが『王子が帰ったら自分が食事を作る』と言い張って譲らなくて。それにキホルさんが面白半分に乗っかるもんだから、厨房がピリピリしちゃってるんですよ」

「それはそれは」

オーガスタにはその光景がありありと想像できた。なんなら、隅っこの方で抱き合いながらプルプルと震えるヤマブキとタオパオの姿までハッキリと。

「ユッタさんも災難ですねぇ、彼女たちは威圧感ありますから」

王国には多種多様な人材が集まっており、料理人もその例に漏れない。妖怪のアヅミに、ヴァンパイアのアシュリン、デーモンのキホルはその代表とも言える。

「本当ですよ。こんなことで喧嘩になられても困るんで言ったんです。『包丁は人を傷つける道具じゃありません、ここは正々堂々料理バトルで勝負しましょう！』って。それなら皆さんどんな結果でも納得できるでしょう？」

「ユッタさんにしては冷静で的確な判断ですね」

「ユッタさんのことなんだと思ってます？」

――酒乱。

「こほん……それで最強料理トーナメントですか」

何度繰り返しても頭の悪い響きだが、中身は機転の利いた良いアイデアだ。

「それで、誰が参加するんですか？」

「全員です」

「は？」

「城内の料理人、全員です」

「は？」

顔を引き攣らせるオーガスタに、ユッタは楽しそうに説明する。

「いえ、よくよく話を聞いてみるとですね、どうにもアヅミさんたち以外にも王子にごはんを作りたいって人がたくさんいまして。それなら全員で戦えばいいんじゃないかって結論になったんです。あ、もちろんオーガスタさんもエントリーしてありますよ」

「勝手に何をしてくれてるんですか？」

いくら平時よりも仕事が少ないとはいえ、城内で働く者たち数百人分の食事を作るのはかなりの重労働だ。余裕はあっても、遊んでいる暇はない。

「いやいや、これはオーガスタさんも悪いんですよ？」

「私ですか？」

責めるような物言いに、オーガスタはムッとする。

「私ほど清廉潔白（せいれんけっぱく）な人間はいませんよ。いったい何をしたって言うんです」

「その答えの前に確認ですが、この城の料理長は誰でしたっけ？」

「私ですね」

「では、料理人たちのシフトを決めているのは？」

「私ですね」

そこでオーガスタも次の問いの内容を察する。

「最後です、王子が帰ってくる日の王子の食事当番は？」

「……私ですね」

ユッタは犯人を問い詰める探偵のように言った。

「あら偶然、とは言わせませんよ。犯人はあなたです」

「お気づきでしたか」

言い訳も思いつかずさっさと白状すると、ユッタは表情をげんなりとさせる。

「痴話喧嘩に巻き込まれるこっちの身にもなってください。私だって、やりたくてやってるわけじゃないんですから」

「いやぁ、私もそこまで王子の食事当番が人気だとは思わなくて……」

「だったら他の人に当番譲ってくれますか？」

「それは嫌ですね」

「即答じゃないですか」

大変な仕事から帰ってきた想い人に、特別な料理を作ってあげたい。それは料理人なら誰もが考えることであるし、オーガスタも例外ではない。

「まあ、オーガスタさんが料理長なんだから、別にシフトをどうこうしようが文句を言える筋合いはないんですけど……」

「料理長は料理長でも、代理が付いてますからねぇ」

王国の料理長は本来、白髪の似合う初老の男性だった。しかし、その彼が数か月前に腰を壊して入院してしまったので、急遽オーガスタが料理長代理を務めている。

そのまま後任として正式に料理長に就任しないかという話もあるが、それでも現状は代理であることに間違いはない。

「……仕方ありませんね」

王子が集めただけあって、城内の料理人たちは我(が)が強い者ばかりだ。納得させるには地位に見合うだけの実力を示す必要がある。

「分かりました、参加します。いつ始めますか？」

「ああ、それは今からですよ」

「……はえ？」

ユッタが言うや否(いな)や、厨房に知った顔が何人か入ってくる。全員が女性だ。

「予選はバトルロワイヤル。制限時間まで無差別に料理勝負をしてもらい、最後まで生き残った料理人が本選に進みます」

「ここにいる方々は？」

「オーガスタさんに並々ならぬ愛憎(あいぞう)を持った挑戦者の方々です」

「愛憎……？」

「デルフィーナちゃんってことです」

「ああ！」

オーガスタは幼馴染(おさななじみ)の顔を思い浮かべて理解する。いや、本当はあまり理解できててはいないけれどニュアンスは伝わった。たぶん。

「——料理長(シェフ)オーガスタ」

居並ぶ後輩料理人たちから、一人が代表して前に出る。確か、王子に救われたとある農村の料理自慢だった少女だ。王城に来た当初は右も左も分からない新人だったが、最近ではメキメキと腕を上げ、一度だけ王子の食事当番を担当したこともある。

「我々はあなたを殺します。――料理で」

上司に向かってあるまじき物騒な物言いと、殺伐とした空気。

「……ふふふ、これは新手のクーデターってやつですね？」

しかし、オーガスタにはそれが中々どうして心地よかった。

料理長（シェフ）オーガスタを料理で殺す。それは『食の芸術家』であるオーガスタの友人にして幼馴染にして同僚にしてライバルでもある、デルフィーナがよく口にしている台詞（せりふ）だ。言うなれば、彼女のスローガンのようなものだろう。

「ええ、もちろん受けて立ちますとも」

オーガスタは腕の良い料理人が好きだ。美味（おい）しい料理と、新しい料理と、珍しい料理が好きだ。だから自分の知らない料理や調理法を知っている相手を尊敬するし、誰であれ頭を下げて教えを請（こ）うことも厭（いと）わない。

しかし、そんなオーガスタにも料理人としての矜持（きょうじ）がある。

それはかつての主がくれた、確固たる存在証明。

「――みなさん、神様に料理を作ったことはありますか？」

【2】

「ようこそ、最強料理トーナメントへ。綺羅星(きらぼし)の如(ごと)く集(つど)う凄腕(すごうで)の料理人の中で、最も優れた一人を決める戦いが始まります。司会進行はみなさんご存じ、『帝国料理人』ユッタでお送りします」

予選を終えたオーガスタが本選の舞台である大調理室に向かうと、すでにかなりの人数が集まっていた。王城の料理人は非番の者や見習いまで含めると総勢百名を超える大所帯だが、その大部分がここにいることになる。

「ルールは簡単、出題されたテーマに沿った料理を作り、審査員が試食します。より美味しく、よりテーマに忠実な皿を披露(ひろう)した方が勝者となり次のステージへ。最後まで勝ち残った一人が優勝、遠征から帰還した王子の食事当番権を獲得します！」

ユッタの説明に観客席から大きな歓声が沸いた。オーガスタの予想よりも、この催(もよお)しは盛り上がっているらしい。

「それでは早速、選手の紹介に移りましょう。熾烈(しれつ)な予選を勝ち抜き、本選に出場したのはこの七名です！」

最初に注目を浴びたのは割烹着(かっぽうぎ)を着た栗色(くりいろ)の髪の少女だ。

「まずはこの方。心が思わずほっとする、優しい味なら彼女にお任せ。家庭料理の申し子、『東の料理番』ヤマブキ！」

ヤマブキは控えめで奥ゆかしい性格の料理人だ。丁寧な下拵えと素材の味を活かした調理法はオーガスタも注目している。

その中でも特に評価しているのがローカライズの上手さ。多少なり癖の強い東の国の料理が、王国に普及しつつあるのはヤマブキの力が大きい。

「ええと、どうして私がここに……？」

なにやら困惑している様子なのは、元々争いを好まないヤマブキのことだ。おそらくはユッタの勢いに巻き込まれ、訳も分からぬまま予選を勝ち抜いたのだろう。

「続いてはこの人。今日も働く庶民の味方。安くて早くて大盛無料、『下町料理人』マグリカの登場です」

マグリカは王国生まれ王国育ちの生粋の王国人。下町で長年愛される定食屋の看板娘で、ユッタとはまた違う方向でのコストパフォーマンスの信奉者だ。

美食という面では下の上だとマグリカは謙遜するが、ランチタイムに雪崩のように流れ込む労働者たちを華麗に捌く生産力は圧巻の一言である。

「私、このあと夜の分の仕込みあるんだけど……」

マグリカも巻き込まれ組だった。

「それはお店に帰してあげましょうよ」

「いやそれがですね、アレグロさんは予選で勝つだけ勝って酒場に帰っちゃうし、モーティマさんは学食に戻っちゃうしで参加者が足りなくなっちゃって……」

「定員割れしちゃってるじゃないですか」

「それもこれもオーガスタさんが予選で二十人斬りなんかするからですよ！　想定では本選は十六人のトーナメント方式でやるつもりだったのに！」

「挑まれたら受けて立つのが料理長の義務ですので」

言い合うオーガスタとユッタを見て、マグリカはやれやれと首を振った。

「……一戦だけだからね、どうせ勝てないし」

「ありがとうございます！」

自虐的な台詞を口にするマグリカだが、その声音に自身を卑下する響きはない。

自分の専門分野を自覚し、仕事に誇りを持っているからだろう。そういう料理人をオーガスタはリスペクトしている。

「次はこのお二人。華の国出身の薬膳尚食、火の扱いなら彼女に並ぶ者はいません。仙人も認めた『炎の厨師』タオパオ！　そして元魔王軍所属のクッキングデーモン、香りの使い手『魔界料理人』キホル！」

「なんか雑にまとめられた気がするネ」

「尺が足りないんでしょ、仕事放り出してるわけだし」

タオパオとキホルはそれぞれ華の国と魔界を代表する料理人だ。知識も経験も豊富で腕が良い。ただし、両者共に生まれ育った環境が特殊なため、気を抜くと常人には耐えられない量の香辛料を料理に入れてしまう悪い癖がある。

「どんどん参りましょう。続いてはこの方、ヴァンパイア陣営からの参戦です。麗しき美貌と謎めいた出自、ミステリアスなクールビューティーは夜を彩ります。『常夜の料理人』アシュリンさん！」

「皆々様、どうぞよろしくお願いします」

そう言って優雅に一礼するアシュリンのことを、オーガスタはあまり知らない。

彼女の担当は主に夜食で、生活も基本夜型。早寝早起きのオーガスタとは入れ違いになることがほとんどだ。

しかし先日、偶然アシュリンの焼いた赤い血の滴るステーキを見掛けたとき、思わず喉を鳴らしてしまったことは記憶に新しい。

高貴なヴァンパイアたちの信頼も篤く、その実力は保証されている。

「そして残すはあと二人、まずは——え？　来てない？　瞑想中だから邪魔するな？」

なにやらスタッフの一人がユッタに耳打ちをしている。もう一人の参加者の見当は付いているのだが、予想が正しければ少々扱いの難しい人材だ。

そこのところ、ユッタの司会力が試される。

「えー、はい。一人ぐらい正体不明の参加者がいるとそれっぽいですよね？」

こっちに聞かないでほしい。

「気を取り直して最後の選手を紹介しましょう。トリを飾るのはもちろんこの人。王国料理長代理にして美食の頂点。天上天下あらゆる料理をマスターする彼女の実力を誰が疑えましょう。『天界のシェフ』オーガスタ！」

　他人の紹介を聞く分には楽しいが、いざ自分の番となると妙に気恥ずかしい。

　羞恥を誤魔化すために適当にユッタの言葉を聞き流しながら、ふと気づく。

「あれ、そういえばデルフィーナはどこに行ったんですか？」

　オーガスタは会場に幼馴染の姿がないか探しながら言う。彼女の実力なら、予選を間違いなく突破しているはずなのだが――。

「何を言ってるんです。デルちゃんなら二日前の新作デザートコンペでオーガスタさんにボッコボコにされて、泣きながら修業の旅に出たばかりじゃないですか」

　ユッタが呆れたような表情でオーガスタを見る。

「え、あれってコンペだったんですか。てっきりアイデア交換会かと……」

　思い出してみると、確かにデルフィーナが泣いていた気がする。てっきり感動の涙を流してくれているのだと思っていたが、どうやら違ったらしい。

「……オーガスタさんにとっては勝負ですらなかったと。可哀想なデルフィーナ、こんな悪魔的天才が幼馴染だったばっかりに人生拗らせちゃって……」

「なんだか失礼の気配がしますね」

「そんなことないですよ」

【3】

トーナメント出場者全員の紹介が終わったあと、組み合わせが決定した。七名しかいないので一人がシード枠になる。それならユッタが出ればとも思ったが、負ける戦いはしない主義だと断固拒否されてしまった。

「それでオーガスタさんの一回戦の相手なんですが……」

「そう、何を隠そうこのアシュリンです」

軽妙なポーズを取ったアシュリンが、オーガスタたちの前にひょこっと顔を出す。

血の気の薄い白い肌、光の宿らぬ赤い瞳に、シルクのような銀の髪。総じて人形のようだと評される彼女だが、意外と感情豊かなのだと王子から聞いている。

「これは屈指の好カードですよ。お二人とも料理が華やかですからねぇ、どんな皿が出てくるのか今から楽しみです」

「審査員もユッタさんが務めるんですか？」

「ああいえ、そこは公平を期すためにそこら辺を歩いてた暇そうな人を連れて来ましたよ。ほらあそこ」

ユッタが視線をやった方向には、審査員席と書かれた机と、そこにソワソワしながら座る重装砲兵のレギーナの姿があった。

健啖家で、グルメな一面もある可愛らしい女性だ。出身は元々白の帝国ということもあってユッタとは既知の仲らしい。適任と言える。

「ふむ、レギーナさんなら好き嫌いもありませんね。いえ、どんな条件であろうとアシュリンが負けることはありませんが」

「やる気満々で非常に結構ですね。それではお題の発表と参りましょう」

すると再びスタッフがスッと現れて三人の前に箱を置く。ユッタはその箱から一枚の紙を取り出すと、そこに書かれた内容を読み上げた。

「この試合のお題は『肉料理』でーす」

「お肉」

これまたストレートなテーマが選ばれたものだ。内陸にある王国では主菜には魚類よりも肉類が定番だ。オーガスタのレパートリーもいまは肉料理の比重が大きい。

「純粋に互いの技術と経験が試される戦いになります。アシュリンとオーガスタさんのお題として不足はないでしょう」

ユッタの言葉に二人が鷹揚に頷く。

「テーマはお肉、タイムリミットは四十五分。食材は自由に使ってもらって構いませんが、やり過ぎると私が経理の人から怒られるので抑えてくれると嬉しいです！」

「ディエーラ商会の仕入れたA5ランクの王国牛サーロインを使いましょう」

「あっ、いいですねぇ。なら私はデモシェフ商会の最高級ボア肉とか？」

「はい皆さんユッタさんの好感度なんてどうでもいいと！」

当然、勝負事で食材に妥協はできない。相手がアシュリンならなおさらだ。

「もういいです！　それでは両者位置について――調理開始！」

拗ねてしまったユッタの合図と同時に、鋼の都製のタイマーがセットされる。アシュリンが早足で食材を取りに向かい、オーガスタもその後に続く。

「――ふっ、ユッタ、お前も昔と変わらないな」

「そういうレギーナは太りましたよね」

「はへぁ」

後ろで何かひどい会話が聞こえた気がした。

（はてさて、何を作りましょうか……）

氷霊の力で温度管理された食糧庫の中で、オーガスタは腕を組み思案する。豊かな胸が強調されて、肩が少しだけ楽になった。

対戦相手のアシュリンの食材選びは即断即決だった。宣言通り、最高級の牛サーロインを選んで早くも調理に取り掛かっているらしい。

シンプルかつ王道に、ステーキを焼くつもりなのだろう。

制限時間は四十五分。下拵えの手間も加味すると、それほど凝った料理は作れない。だからといって、ここでアシュリンの後追いをしても無意味だ。自分の腕が劣っているとは思わないが、ステーキは相手のスペシャリテとも言える料理。

必勝を期すならば、相手の土俵で戦うのは愚策と言える。

（……ユッタさんが邪魔ですね）

少し離れた場所で媚びるような卑屈な視線を送ってくるユッタが鬱陶しい。

どうしてもオーガスタの食材費だけでも抑えたいようだ。

自分で始めたことだろうと思わないでもないが、オーガスタにも多少非はある。厨房での修羅場を防いだ功績を考えれば、同情できなくもない。

「……はぁ」

溜息は白い靄となって宙に消える。あまり悩んでいても時間は過ぎるばかり。

勝ちに妥協はできないけれど、勝ち方に妥協はできる。ユッタの要望に応えながら、アシュリンにも勝利できる料理。勝ち筋はある。

まずはオークの英雄がグルメジャングルで獲って来た怪鳥の肉を使おう。珍味寄りの食材で臭みは強いが、調理法を選べば問題はない。

「アシュリンさんには少し申し訳ないですけど……」

自分が料理長という立場であり、審査員がレギーナで、アシュリンがヴァンパイアであるからこそ使える、ルールの範囲内のちょっとしたズル。

「うん、決めました」

レシピそのものはそれほど複雑ではない。一口大に切った怪鳥のもも肉に塩と胡椒をふり、小麦粉をまぶす。中火の鍋でオリーブオイルを熱して、もも肉を皮から焼く。皮はカリカリにしたいのでちょっと強めに。こういうとき鋼の都の発明家と魔法都市のメイジによって共同開発された、魔力式の新型コンロは火加減が簡単で便利だ。

「タバサさんたちには頭が下がりますねぇ……」

皮が焼けたら裏返して、アロゼしながら全体的に焼き色を付ける。

みじん切りにしたタマネギと、ニンニクをちょっと多めに。トマト、マッシュルームを加え、白ワインと水を加える。沸騰(ふっとう)したら蓋(ふた)をして中火で約十分煮込んで完成。

とある地方の名前を冠したこの料理は、わかりやすく言えば『とりもも肉の白ワイン煮』だ。本家は卵や甲殻類(こうかくるい)も入れるのだが、テーマに沿って省略した。

ちょっと味見をして……問題なし。

「っし、バッチリ♪」

料理の完成はアシュリンの方が早かったようだ。

大方の予想通り、メニューは王国牛のサーロインステーキ。王道ど真ん中。

焼き加減はミディアムレア。香ばしい匂いに、鮮やかな見た目が食欲を刺激する。

(もうこれが優勝で良いんじゃないですかね)

なんて、オーガスタにすらそう思わせるだけの力があった。

「どうぞ召し上がれ。アシュリンの自信作です」

「もうこれが優勝で良いんじゃないですかね？」

ユッタが言った。本当に言うやつがあるか。

「まあ待て、食べてみないことには何もわからん」

ずっとお腹（なか）を鳴らしながら待っていたレギーナが、目を輝かせてナイフとフォークを手に取る。審査と言うよりも普通の食事の様相を呈（てい）してきた。

「それではレギーナ、はりきってどうぞ！」

「ああ、任せておけ」

レギーナがフォークで肉を刺し、ナイフで切る。何の抵抗もなくナイフを受け入れるステーキの柔らかさにオーガスタは感心した。肉の質が良いだけでは、あそこまで柔らかくはならない。改めて、アシュリンの技術の高さを認識させられる。

「ぱく、ぱく、もぐ、もぐ」

じっくりと味わうためか、レギーナもまずは無言で食べ進める。お腹が減っていてもゆっくり嚙（か）んで食べるのは偉いなとオーガスタは思った。

「ぱくぱく、もぐもぐ」

結果を待つアシュリンはいつものように飄々（ひょうひょう）とした様子だが、それでも少しソワソワしているのがわかった。

「ぱくぱくもぐもぐ」

いつまで食ってんだこいつ、とユッタの顔に書いてあった。

「ごくん」

「全部食べやがった……」

付け合わせ含めて瞬く間に皿を平らげたレギーナを前に、ユッタが愕然とした表情を浮かべた。心なしか、観客席も引いているような気がしないでもない。

「レギーナ、このあとも審査あるのわかってます？」

「無論だ、これほどのクオリティの皿であればあと十皿は食べられる。早速講評といきたいところだが、冷めないうちにオーガスタの方も食べてしまいたい。大丈夫か？」

水で口の中をリセットしながらレギーナが言う。

「……まあ、好きにしてください」

何かをぐっと堪えるように、ユッタは肩を落とした。

「——ごちそうさまでした」

「お粗末様でした」

結局、レギーナは二人の皿を綺麗に平らげてしまった。

「……講評の方に移りましょうか」

「うむ、どちらも素晴らしい絶品だった。アシュリンのステーキは絶妙な塩加減と焼き加減で、最高級の牛肉の旨味を最大限引き出していた」

レギーナは恍惚とした表情で語る。

「オーガスタのとり肉の白ワイン煮も美味だった。癖のある怪鳥の臭みも気にならなかったし、肉の旨味とトマトの酸味が絶妙にマッチしていたな」

講評の内容に料理人たちは無言で頷く。褒めてほしいところを褒めてくれる。レギーナは審査員としてこれ以上ない逸材かもしれない。

「なるほど、ありがとうございます。それでは結果発表に参りましょう。最強料理トーナメント、一回戦オーガスタ対アシュリンの勝負の行方は⁉」

瞬間、観客席が息を呑む。なんだかんだ王国でも屈指の料理人による対決だ。

例えるならば王子と皇帝はどっちが強いのとか、オークの英雄と剣聖はどっちが強いのとか、そういう類の疑問に答えが出ようとしている。

レギーナはしばしの熟考のあと、赤の札を上げた。

「――ッ、勝者オーガスタ！　一回戦第一試合の勝者はオーガスタ選手です！」

ユッタが叫び、会場が大いに沸く。オーガスタはほっと息を吐いて、アシュリンは微動だにせず静かに目を閉じた。

「講評では互角のように感じましたが、どの辺りが勝負の決め手になりましたか？」

「まずは称賛を。二人とも甲乙つけがたい見事な皿だった。短い制限時間の中で省略した手順もあったのだろうが、完璧に近いものを出してくれたと思う。ゆえに難しい判断にはなったが、よりミスの少ない方を勝者とさせてもらった」

「アシュリンの皿に瑕疵があったと？」

抑揚はないが、圧のある声。だが、レギーナは堂々と答える。

「ミスと言えるほどのミスではないのかもしれない。だがアシュリン、君のステーキにはニンニクが少し足りなかったように思う」

「――ッ！」

ニンニク、それは強烈な風味と強壮作用を持つ食材で、肉料理のお友達。そして、ヴァンパイアの弱点の一つであるとも言われている。

「……オーガスタさん、分かっていましたね？」

「ええ、まあ、もちろん。料理長ですので」

全てのヴァンパイアがニンニクを苦手としているわけではない。本当に忌み嫌う者もいれば、なんか苦手ぐらいの者も、少量なら普通に食べる者もいる。アシュリンも料理人である以上、ニンニクを克服していると聞いている。

しかし王子が王国にいないとき、彼女は主にヴァンパイアを筆頭とした不死者たちの食事を担当することが多い。必然ニンニクの量は抑え目になってしまう。

「……無意識にヴァンパイア向けの味付けになっていましたか」

「それでも普通は気にならないほどに美味しかったがな」

だからオーガスタはアシュリンとの対比がわかりやすいよう、ニンニクの風味を活かした料理を作った。重装砲兵であるレギーナの日頃の運動量も考慮して、スタミナの付くガツンとした味付けが好まれるだろうという予測もあった上での選択だ。

「ちょっと卑怯だったかなーって思いますけど」

「……いいえ、食べる相手のことを真摯に考えた結果でしょう。手癖で料理を作ってしまったアシュリンの落ち度――」

赤い瞳がオーガスタを真っ直ぐに見つめる。

「完敗です、料理長」

麗しきヴァンパイアは、煙のように会場を後にした。


「――それはそうとレギーナ、なんで全部食べたんですか？」

「いや、それはできる限り料理に誠実な審査をしようと――」

「帝国にいたときから『あなたは太りやすいから食事は量と時間を考えて』って散々言いましたよね？　忘れたんですか？」

「いや、しかしだな……」

「もういいです、次からメーアに代わってもらいますから」

「そんな……あいつに任せるぐらいなら私が食べる！」

「うるさい！　ダイエットするまでおかわり禁止です！」

「馬鹿なぁあああ！」

オーガスタは聞こえないふりをして休憩に入った。

【4】

「それでは決勝戦を開始します」

「ちょーっと待ってくださいね、二回戦は？」

休憩を終えて会場に戻ると時が飛んでいた。

このトーナメントは優勝まで三回の戦いを要するはず。オーガスタはまだアシュリンとしか対決していない。

トーナメント表では、キホルかタオパオの勝者と戦う予定だったはず――。

「あー、タオパオ選手とキホル選手はですね、『スパイス』がテーマの勝負で何故か味ではなく辛さを競い始めちゃいまして。試食した審査員のメーアが倒れて医務室に運ばれる事態になり両者失格、二回戦はオーガスタさんの不戦勝です」

「ええ……」

あの二人、本当に悪い癖が出てしまったようだ。

「ということでオーガスタさんの相手は、シード枠からの出場。マグリカさんに勝利したヤマブキさんとの東の国対決を『サンドイッチ』のお題で制し、見事に決勝進出を決めたアヅミさんになります」

「なるほど……」

相対するは着物を着た白い髪の少女。いや、実際少女の年齢なのかは不明だが、見た目は完全に少女である。

アヅミは東の国の『山姫（やまひめ）』という妖怪だ。ヤマブキと同郷（どうきょう）だが、専門はどちらかと言えば高級路線。繊細（せんさい）な技術力には多くの料理人が舌を巻き、特に包丁の扱いに関しては王国一といって過言ではない。

なお、包丁で切るものが食材だけとは限らない。

「オーガスタ様、アヅミは……負けませぬ」

「あ、はい」

「絶対に、負けませぬ」

「……はい」

付け加えると、オーガスタがアヅミに持つ一番の印象は「なんか怖い」だった。誤解のないように先に言っておくが、何かをされたとかそういう話は一切ない。料理に関する質問は何でも答えてくれるし、協力を頼めば快（こころよ）く引き受けてくれる。

逆に彼女の方から教えを請われることもあり、高い技術と飽くなき向上心を持った料理人だとオーガスタは尊敬している。しかし、なんか怖いのだ。

これはもう理屈の話ではない。なんか怖いものはなんか怖いのである。

「審査員のレギーナさん、このカードの注目ポイントは？」

「まずはアヅミの対応力に注目だな。彼女は東の国料理の専門家と誤解されがちだが、実はそうでもない。古今東西のレシピを精読し、必要とあらば積極的に他者に師事する行動力を持った彼女に、今や苦手ジャンルは存在しない」

「二回戦の『サンドイッチ』対決でも、『ライスバーガー』という奇抜な発想で自分の領域に引き込もうとしたヤマブキさんに対し、アヅミさんはあくまでテーマに忠実に、パンで勝負に出てくれましたからねぇ」

そんな面白そうな勝負があったのかと、オーガスタは見なかったことを後悔する。

「オーガスタの方だが、こちらは特に言うことはない。ただ期待すれば良い、彼女はそれを越えてくるだろう」

「やたら格好良いコメントですね」

やたらハードルが上がった気がする。

「それではお題の発表に参りましょう。決勝戦でお二人に作ってもらうのは『帰ってきた王子に出したいごはん』になります！」

「ほぉ」

「ふむ」

「なるほどな」

オーガスタ、アヅミ、レギーナが立て続けに呟く。

「勝った方の料理を王子が食べる、シンプルな戦いですね」

「得意分野による有利不利もない。今回は王子への理解度が試されるだろう」

「旦那様への想いは……誰にも、負けませぬ……」

このトーナメントの決勝戦に、これほど相応しいお題もない。

「それでは両者位置について——調理開始！」

再び食糧庫でオーガスタは思案する。またしても対戦相手は必要な食材を揃えてさっさと厨房に戻ってしまった。おそらく、このトーナメント以前から献立を決めていたのだろう。アヅミには王子に対する並々ならぬ執念を感じる。

おそらくは東の国の郷土料理で勝負してくるはずだ。

相手のスペシャリテに対し、自分はどんな料理で対抗するべきか。

「……………」

いや違う、アヅミを意識する必要はない。レギーナもちょっと違う。

「食べる相手の気持ちを考えて……」

想い人が喜ぶ顔を見るために最善を尽くす。

重要なのは、王子が遠征帰りという点だ。

空腹、疲労、心労、栄養の偏り。そして——。

「最強料理トーナメント……」

自分に言い聞かせるように呟いて、オーガスタは食材に手を伸ばした。

【5】


「それでは決勝戦の審査を始めたいと思います！」

ユッタが拳を突き上げると、観客席は相変わらず大盛り上がりだ。

そろそろ夕食の準備を始める頃合いだが、誰一人持ち場に戻る気配はない。

「先攻はアヅミさん、よろしくお願いします！」

「アヅミが旦那様にお出しする品は……こちらになります」

そう言ってアヅミが運んできたのは、東の国の伝統料理だった。

一汁三菜。飯、汁、香の物、なます、煮物、焼き物が載った二つの膳が審査員であるレギーナの目の前に置かれる。メインは川魚のようだ。

「おおー、栄養バランスの良い献立ですね」

「派手さはないが、美しい。繊細な技術の粋を感じる」

二人は感心するように言って、早速試食に入る。

「……心が落ち着く味だ、淡い味付けが胸に沁みる。いたずらに贅を尽くすことなく、遠征帰りの王子の体調を慮る作り手の気遣いを感じるな」

「ありがとうございます」

深くお辞儀をするアヅミの表情は、自負と慈愛に満ちていた。

最近はユッタの尽力もあり、王国軍の栄養事情は大きく改善している。

しかし、今回のように遠征が長引けば長引くほどに、食事の栄養バランスはどうしても偏ってしまうものだ。

だからこそアヅミは、王子の体の健康を気遣う選択をしたのだろう。

基本的に贅沢が料理の軸にあるオーガスタからすると、少し耳が痛い話でもある。

「アヅミの料理こそ、旦那様に相応しいと確信しております る」

「おおっと、これはもう決まってしまったかー⁉　後攻のオーガスタ選手には大きなプレッシャーが掛かりますね！」

「確かに『王子に出すべき皿』としてアヅミを上回るのは難しいだろう。しかし、オーガスタならやってくれると私は信じている」

「あはは、持ち上げてくれますねぇ」

だが、期待されたからには応えるのがオーガスタの役目だ。

クローシュを被せたプレートをレギーナの机に運び、開ける。

「これが、私が王子のために作るごはんです」

「こっ、これは――」

そのとき、会場を静寂が包んだ。衝撃、困惑、しばしの無言。

誰もが呆然とする中、最初に空気をぶち壊したのはユッタだった。

「あははははは！　馬鹿だ！　馬鹿のごはんだ！　あはははは！」

「これはいやはや、なんとも……」

ユッタが笑い転げ、レギーナは苦笑しながらも目を輝かせる。隣のアヅミは完全に固まってしまっていた。理由は単純、オーガスタの皿が馬鹿だったから。

「なんですかこれ？　ハンバーグ、コロッケ、エビフライ、ステーキ、スパゲッティ、シュウマイ、ロールキャベツ、そしてデザートにプリン！　正気ですか？」

「もちろん正気ですよ？」

オーガスタは料理をするに当たり常に大真面目だ。

王子のことを真剣に考えた結果、この皿に至ったのだ。

「あっ、やばいおなか痛いこれ。まさか決勝でこんなん出てくるなんて！」

「最強料理トーナメントと聞いていたものですから」

「確かにこれは最強ですね……勝てない！」

「ううむ、これはあれだ、ご飯をくれ。どんぶりで頼む」

「カレーもありますけどどうします？」

「最高だ、両方頼む！」

そうしてレギーナは嵐の化身となった。

およそ七人前のおかずを呑み込みながら、どんぶり三杯とカレー二杯を完食。

もはや爆笑するしかないユッタを脇に、レギーナはゆっくりと箸(はし)を置いて――。

「うんまい」

プリンも食べた。

「勝者は、オーガスタだ」

「決まったぁああああッ！」

「なっ、納得できません！　アヅミの料理のどこが劣っていたと言うのですか⁉」

勝負の軍配は、オーガスタに上がった。

すぐさまアヅミが判定に異議を申し立てる。ごもっともな意見だ。

オーガスタとて、渾身（こんしん）の力作がこのような「食いしん坊の妄想」に敗北したら文句の一つも言いたくなるだろう。

だが残念なことに、現実とは得てして非情なものだ。

「劣っているかと言うと」オーガスタが言い。

「別にそんなことはないと言うか」ユッタが言って。

「食事としての優劣を決めるならアヅミの圧勝だろうな」レギーナが言った。

「でっ、でしたら何故⁉」

食い下がるアヅミに、ユッタが代表して答える。

「アヅミさん、健康に悪いものって美味しいんですよ」

「……は？」

「王子は遠征で、長い間、粗末な食生活を強いられています。だからこそ、栄養バランスの良い食事を作ってあげたいと思うアヅミさんは正しいと思います。味も抜群ですから、きっと王子も喜んでくれるでしょう」

ユッタの言葉を、アヅミは黙って聞いていた。

「ですが、王子は何日もずっと我慢をしてきたわけです。その欲望を解放してあげることこそが、心の健康を守るということだと思うんです」

「それが、オーガスタさんの料理であると？」

アヅミの問いにユッタは頷く。

「専門家としてこんなこと言いたくないんですけどね。王子はまだ若くて健康な成人男性なんですから、栄養なんて数日単位で辻褄を合わせれば良いんです」

「こんな量を食べてしまえば、胃もたれをしてしまいます」

「そこはほら、それこそ次の日はアヅミさんが作ってあげれば解決です。アヅミさんやヤマブキさんの料理って、日常への帰還って感じで好きなんですよね」

「…………っ」

アヅミは唇を噛む。それ以上の反論は出てこなかった。

理解はできる、納得もできる。だからこそ悔しさを拭えない。

そんな彼女の肩を、レギーナが労うようにポンと叩いた。

「アヅミの敗因は、王子を想い過ぎたことだな」

「………視野が、狭かったのかもしれません」

料理の技量、想いの強さで負けたわけではない。

「認めましょう、今回はアヅミの敗北です」

今はそれで十分だと、山姫は絞り出すように呟いた。

「第一回最強料理トーナメント、優勝はオーガスタ選手です！」

「うぉおおおおおッ！」

沸き上がる歓声。会場に鳴り響く拍手に、オーガスタは手を振って応えた。

安堵が胸に広がる。『天界のシェフ』の面目躍如といったところだろう。これで過去と現在、どちらの主にも向ける顔がある、のだが——。

「……ちょっと待ってくださいユッタさん、第一回って言いました？」

それはつまり、第二回もあるということだろうか。

「え、はい。そりゃあ、遠征は今後もありますし？」

当然と言わんばかりのユッタに唖然としていると、ガッと両の腕を摑まれた。

右にアシユリン、左にアヅミ。他にもヤマブキ、キホル、タオパオらが、それぞれ不敵な笑みを浮かべていらっしゃる。

「勝ち逃げは」

「許しませんよ？」

「あはははは……」

王子の前では決して繰り広げられることのないキャットファイト。いつか決着を迎えるその日まで、オーガスタの戦いはまだまだ続きそうだ。

「なんて、それはともかくとして……」

パンッと、オーガスタが手を叩く。

楽しい空気に冷や水を浴びせるようだが、こればっかりは仕方がない。

夕飯の時間が近いのだ。もうすぐお腹を空かせた人々が大挙して食堂に押し寄せることだろう。だが、準備は何一つとして終わっていない。

いまから間に合わせるには、全員が普段の二倍は働かねばならない。

「お仕事、しましょうか？」

「……うっす」

料理長（シェフ）の言葉に、全員が神妙に頷いた。


――そして後日。

遠征から帰ってきた王子は、酒場に直行しようとしたところを怒り狂った料理人たちに仲良く襲われることになるのだが、それはまた別の話である。

糸なし人形と傀儡姫

川添枯美

ねえアミィ。わたしね、ここのところ、毎晩のように同じ夢を見るのよ。

わたしの足が治って、あなたと一緒にお城から逃げ出すっていう夢。

自分の足で地を蹴って、お友達を探しに出かけるの。

お節介な自動人形たちを振り切って、森を抜けて。

わたしたちはどんどんお城から離れて行く。

あなたは息も切らさず、ぴったりとわたしの後ろについてくる。

わたしの足は、病気になる前よりも元気に動いてくれる。

ああ、なんて素晴らしいのでしょう。

これこそわたしの求めていた自由。風を切って走る大冒険。

「お嬢さま、いったいどこまで行かれるおつもりですか？」

「山の向こうよ。自動人形が追ってこられないところまで行くの。できるだけ賑(にぎ)やかな町を探すわ。人がたくさんいるところ」

そしてわたしは、人形好きのお友達を作るの。

もちろん、自動人形じゃなくて普通のお人形ね。

お人形遊びが好きな子なら、きっとわたしのことも怖がらない。

お人形とお話しできるって言っても、わたしを気味悪がらない子と仲良くなりたい。

「そういう子が見つかればいいですね。お嬢さま」

「きっと見つかるわ。ううん、見つかるまで探せばいいのよ。今のわたしとあなたなら、どこまでも行ける。だってわたしは、こんなにも早く走れるようになったんだから」

わたしたちはこの日をずっと夢みてきた。

自由に外を歩いて、走って、きれいな空気を吸って。

そして、たくさんのお友達と一緒に遊ぶのよ。

「アミィ、ぼうっとしてないで、もっと早く走って。そんなじゃ自動人形たちに追いつかれるわ。あなたが捕まったら、わたしもあの暗い部屋に逆戻りなのよ？」

わたしがアミィにこう言ったら……わたしの夢が終わる合図。

「わたしたちは二人で一つ。運命共同体なんだからね」

わたしたちは二人で一つ。

アミィはわたしの最初のお友達。何があっても一人にはしないわ。

くぐつ使いのリッカは、人形以外のものと話をするのがニガテである。

いや、「人形以外のものと」っていう言い方も何かおかしいか。ここは大人しく「人と会話することがニガテである」と白状したほうがいいのかもしれない。

リッカは小さいときからずっと人形遊びをしていた。

くぐつ使いとして、人形と上手に付き合うための訓練のようなものはしてきたけど、そういうのを抜きにしても、人形のことが大好きだ。人にはうまく聞こえない独特の言葉で語りかけてくる人形とお話しするのが大好きだった。

——人形に話しかけるなんて気持ち悪い。

心ない言葉に傷つくこともあった。

人間は、人形よりも高度な言葉をつかう。

誰かを癒やすこともできるし、傷つけることもできる。

いつも人形と一緒だったリッカは、人間の言葉で傷つくことが多かった。

かわいいあの子が何気なく言い放った「気持ち悪い」という言葉は鋭い刃物のように胸の奥に突き刺さり、人形のお友達にいくら「ソンナコトナイヨ」と言われても、言わせても、リッカの胸に残った傷は消えなかった。

おとなになった今でも、その傷はチクチクと痛む。くぐつ使いにとって人形とは自分の一部。だからちょっとしたきっかけで、痛みがぶり返すことがある。

ソンナコトナイヨ。

リッカハ、キモチワルクナンカナイ。

人形の言葉は純粋だけど、人間のように言葉を「うまくつかえている」わけじゃない。

人間の何気ない一言は、人形の気休めの言葉をあっさりと上書きする。

――人形に話しかけるヘンなやつ。

ヘンなやつ。その言葉の痛みのほうが何倍も強い。

そんな言葉は無視すればいいっていうのもわかってる。リッカはもう一人前のくぐつ使いだ。「ヘンなやつ」ではない。同じくぐつ使いの仲間たちもいるし、くぐつと一緒に生きる者としての自覚がある。

堂々と言ってやればいいのだ。「私はくぐつ使いなんだから！」って。

……そうは言っても、別に「くぐつ使いだから仕方なく」人形に話しかけているわけじゃないんだけれど。

やっぱりリッカは人形が好きなのだ。くぐつじゃない普通のお人形とも仲良くしたい。

ドールショップに一人で行って、きれいなお人形さんを動かして、会話のまねごとなんかやってると、いい感じに「おままごと」を楽しめてしまう。お店の中にいる子供たちはリッカの人形遊びを「じょうず」と褒めてくれるけど、一緒にいるお母さんたちの視線は子供たちのように純粋ではない。

ただ、リッカの大好きなひと……王子は違った。

王子は、リッカが気に入った人形を「かわいい子だ」って言ってくれる。

彼は人形ごとリッカを愛してくれるのだ。

くぐつ使いと人形は切っても切れない関係にあるから、どちらか片方だけを愛するなんてそう簡単なことじゃない。王子はきっとそこもわかってる。だからかわいいお人形を見つけると「リッカとお似合いだね」とか「きっといい友達になれるよ」とか、フツーの人じゃまず口にしないような優しい言葉をかけてくれる。

「リッカ」

ああ王子、私の王子さま。

リッカがじょうずにお話しできる人間は、この世界で王子だけ。

「リッカ、聞こえていますか？」

王子になら何でも話せる。リッカにとって王子は特別な存在だ。王子が一緒ならどんなにつらいことでも乗り越えられそうな気がする。

でも、いつも王子と一緒に行動すればよいというものではないから、戦闘やそのほかの任務を円滑(えんかつ)に進めるためにもコミュニケーション能力を向上させることは重要だ。

って、王子に言われた。まさに今日。この任務を命じられる直前に。

だからリッカは、王子以外の人ともちゃんとお話しできるようにならないとダメなのだ。

「リッカ、視線を上げてください。そのままだと糸が体に巻き付きますよ」

「へっ？」

巻き付きますよ、と言われた直後、くぐつ人形の糸がリッカの体にきゅうっと巻き付いた。

「いたたた！　なんでこんなことになってるの⁉　食い込んでる！」

「くぐつ人形がリッカの周囲を歩き回っていい感じに絡まりました。なかなかの見物でしたよ。くぐつ使いと、くぐつ人形によるミラクル糸巻きです」

王子への想いに耽っていたリッカを現実へと呼び戻したのは自動人形のルイン。

銀色の髪にふりふりのドレスがよく似合う、とびきりかわいいお人形さんだ。

「リッカに巻き付いているのはルインの髪ではなくくぐつ人形の糸です」

「わかってる。今ほどくよ」

こんなこと、滅多にあることじゃないのにな。リッカは首を傾げながらもくぐつ人形につながれた糸をゆっくりとほどいていく。

実は、ルインと二人で偵察任務に出てからというもの、リッカのくぐつ人形がずっとおかしな挙動を示しているのだ。リッカの相棒はある程度の自律はしているけど、リッカが糸で制御しきれないような行動はあまり取らないはずなのに。

しかもリッカのくぐつ人形は森を偵察中にひとりでに走り出し、とんでもないものを見つけ出してしまったのである。

――古城だ。それも、怪しさ全開の。

リッカを引っ張って猛烈ダッシュしたくぐつ人形は、深い森を抜けた先、崖に囲まれた丘に建つ古城を見つけた。そして古びた城門前をしばらくのあいだうろうろしたあと、ぴたりとその足を止めた。ぼうっとしていたリッカはくぐつ人形がたわませた糸に引っかかって苦しい思いをした。

というのが、ここまでの流れである。

城門前でじっと城壁の上部を見上げるくぐつ人形。糸を摑んだままどうしたらいいものか悩んでいるくぐつ使い。そしてそんなでこぼこコンビを横目に「偵察」という本来自分がすべき仕事を怠らない戦闘用自動人形。

人形二体、人間一人の珍道中。目の前にそびえる古城を前にどうすべきか、その判断を下すのはリッカということになっている。

「リッカのくぐつ人形はこの城に強い興味を示しています。何かを察知してリッカをここまで導いたのでは？」

「ルインが察知できないようなことをこの子が察知できるとは思えないんだけど」

「確かにそれはそうですね。納得のいく見解です」

「それにこのお城、ただの居城じゃなさそうだよ。窓が一つもないし、崖のそばギリギリに建てられてるのもなんかおかしい」

険しい崖を背に作られた古城は窓が一つもなかった。ただ、外壁が崩れ、扉を使わずにそのまま中に入れてしまいそうなくらい大きな穴がいくつか空いている。もちろん、それが窓の代わりってわけではなさそうだけれど。

　さてどうしよう。このままあの古城の中を調べるべきか、引き返すべきか。

「くぐつ人形がその状態では任務に支障が出ます。ここはひとまず退却すべきかと」

「やっぱりそうだよね。王子にこのお城のことを知らせて、後でみんなで来よう」

「決まりですね。それでは方向転換し、もと来た道を戻りましょう」

　こうして、怪しげな古城を発見したルインとリッカは、くぐつ人形の不調によりそれ以上の調査を断念し、王子の待つ野営地へと引き返すことにしたのだった。

　ところが、である。

「動かない」

　くぐつ人形が動かない。

　珍しいこともあるものだ。この子がリッカの言うことを無視するなんて。

　ほらいくよ、ぐらいじゃ動いてくれないことはたまにあるけど、糸を引っ張ってもリッカの思い通りにならないなんてあり得ない。

　──私の思い通りにならないなんてあり得ない？

「私いま、なんてひどいことを……」

「リッカ？」

「私いま、この子が私の思い通りにならないなんてあり得ないって思っちゃったの」

「それのどこがひどいのですか？　くぐつ使いがくぐつ人形を従わせるのは当然のことです。リッカはくぐつ使いなのですから、彼女を思い通りに動かす必要があります」

「自律した人形の糸を引っ張るのは良いぐくつ使いじゃない。人形が自分の足で歩くのは何か理由があるからなの。それを尊重してあげないと」

「尊重、ですか。リッカは難しいことを言いますね」

「難しくなんかないよ。ルインだって自分の足で歩いてるでしょ。それをむりやり縛りつけて動けなくしたらイヤじゃない？」

「ルインの思考回路では処理しきれません」

ルインは高度な自律機能をもつ自動人形だ。戦闘のために作られた兵器だ。

ルインはその機能を誇りに思っているだろうし、自分が果たすべき役目を理解している。目的達成のために何をすべきか考える。

だからこういう会話がニガテなのも納得できる。

けど、そう割り切ってしまうのは、人形と関わることをあきらめることと同じだ。

少なくともリッカはそう思ってる。

「私はね、ルイン。人形にも心があると思ってるの。何をすべきか判断する思考回路だけじゃなく、何がしたいか、どんな人と一緒にいたいか、自分のやりたいことを想像する力があるって信じてる」

「人形にとって、人の言う『心』や『想像力』といったものはとても理解しがたいものです。人形と人間の違いを論ずる上で度々つかわれる単語ですね」

「ルインの思考回路に生じる『ノイズ』にそのヒントはあるんじゃないかな」

「ノイズ……」

「試しにルインも王子のことを考えてみて？　私がさっきしたように、王子のどんなところが素敵か考えるの。王子はルインにどんな言葉をかけてくれる？」

ルインは数秒間その場で静止したまま、まばたきを一切せずに「思考」した。

そして、リッカが期待した通りの結果になった。

「――ノイズが生じました」

「それそれ。あなたが今したことは私たちの『想像』と似てるんじゃないかな。私たち人間はノイズの代わりに胸がドキドキしたり、チクッてしたりするんだよ」

「なるほど、理解できました。リッカはルインと会話をするのがとても上手ですね」

「当然だよ。私はずっとお人形さんとお話ししてきたんだから」

「ですがリッカのくぐつ人形はノイズを発生させるほどの思考回路を持ち合わせていませんよ。ルインは自動人形なので高度な自律機能が搭載されていますが、くぐつ人形は違います。彼女の場合は、機構にトラブルが生じたと考えるべきなのでは？」

「それが、体のほうはまったく問題ないんだよね」

リッカは、その場に立ち尽くして上を見続けるくぐつ人形の肩にそっと手をのせる。

ぴくっ、と反応があった。

よかった。どうやらリッカのことを認識できないというわけじゃなさそうだ。

リッカは考える。

この子がもしも人間だったら。この子がリッカと同じような「心」を持っていたら。

子供のときに何度も何度も、何度も考えたことだ。

この子の「友達」として一番たいせつなこと。それはこの子の気持ちを考えてあげること。この子を「想う」ことなのだから。

しばらく彼女の肩を抱いたまま、同じところに目線をやっていると、リッカは一つの答えにいき着いた。

「どうしても中に入りたいんだね。ここまで走ってきたのもそのためなんでしょ？」

かしゃん。

くぐつ人形の足が動いた。

「わかった。三人で中に入ろう」

撤退はなし。このまま三人で古城の調査を行う。それがリッカの下した決断だった。

「ルイン、この子が危ない目に遭ったら守ってね」

「了解しました」

リッカのくぐつ人形はようやく前を向いて歩き出す。

この暗いお城の中には、いったい何があるのだろうか。

＊　＊　＊

古城には窓がまったくといっていいほどなく、中には蠟燭台がたくさん並んでいた。

城壁に空いた大穴から陽の光が差し込んで人形劇のスポットライトみたいになっている。カビ臭さの中に金属のニオイがまざって気持ち悪い。

でも、廃墟っていうわけではなさそうだ。人が住んでいる可能性は高い。

蠟燭台に火は点っているし、内装もところどころ傷んではいるけれど、外から見た様子と比べればぜんぜんマトモな状態である。

ここだけ見れば「お邪魔します」の一言も出そうなものだけど、リッカもルインもその言葉を口にすることはなかった。

なぜなら古城の中には、壊れた自動人形の残骸がたくさん転がっていたからである。

これはいったい何なのだろう？

エントランス付近に転がっている自動人形の数は十体以上。扉を開けたとたんにもう嫌な予感しかしない。やっぱり引き返して王子に助けを求めるべきだろうか。

でも、うちの子の様子がおかしくなった原因がこの城にあるかもしれないから、ちゃんと問題を解決してあげたいっていう気持ちのほうが勝っていた。たとえば呪いの元や魔術式なんかがあって、それを壊さないとぐつ人形を動かせないとかだと、ちゃんと元を絶たないとずっとこのままおかしくなってしまうなんてことも有り得る。

そんなのイヤだ。この子が困ってるときは、リッカが助けてあげなくちゃ。

「まあ！　お客様が三人も！」

突然、二階のほうから女の子の声が聞こえた。

城壁の大穴から差し込んだスポットライトの中に、少女の姿が浮かび上がる。

「ちょっと待ってて。いまそっちに行くわ」

踊り場の手すりから身を乗り出していた少女は元気よく階段を駆け下りて、自動人形の残骸を軽やかに飛び越えながらリッカとルインのところにやってきた。

不思議なことに、ルインは戦闘態勢に入らなかった。

「ごきげんよう。わたしはアミィ。この城に住んでるの」

給仕服を身につけた少女は自らをアミィと名乗った。

腰まで伸びた栗色の髪は毛先が少し傷んでいる。でもそんなこと全く気にならないくらいかわいい子だ。手足も細くてすらっとしてる。

なんとなく、雰囲気がルインに似ているな。とリッカは思った。

「アミィさん初めまして。私はリッカと申します。こっちは自動人形のルイン」

「初めまして。戦闘用自動人形ルインです」

「自動人形！　わたしと同じ！　よろしくねルイン♪」

アミィは嬉しそうにルインの両手を取り、自分とルインに「自動人形」という共通点があることをとても喜んだ。

でも、この共通点をそう簡単に受け入れられるほどリッカもバカじゃない。

そもそも自動人形というのは、その存在自体がかなり珍しいものだ。ルインの自己紹介のあとに「わたしと同じ」だなんて言葉が返ってくることなんて普通はない。

アミィは表情が豊かでボキャブラリーに富む高度な自律機能を備えている。戦闘用じゃないってことはひと目でわかるけど、自律機能という点だけ見ればルインよりも高度な機能を備えている。ルインも見た目のかわいさでは負けてないけど、コミュニケーション能力という部分に関してはアミィのほうがだんぜん優れていると言える。

どこかのお金持ちが愛玩人形として特別に作らせたものだろう。

それも、ただのお金持ちじゃない。何か裏がある。自動人形を運用できるのは王国でもほんの数人のはず。もしかしたらこの家は、戦乱の世から続く名家なのかもしれない。

「わたしはお嬢さまの身の回りのお世話をするために作られた愛玩人形よ。人間と同じように笑えて、人間と同じにように泣ける。だからお嬢さまも、わたしを本当のお友達だって言ってくれるの」

「そのお嬢さまという方はどちらに？」

「二階のお部屋にいるわ。お嬢さまはご病気でね。ずっと部屋に閉じこもっているの」

「アミィさん、そのお嬢さまに会わせてもらえませんか？」

こんどはリッカが訊いた。

「申し訳ないけどそれはできないわ。お嬢さまのお部屋にはお通しできない決まりなの」

「禁則事項ってやつですか」

「そう。禁則事項。自動人形風に言うとね」

お茶目だけど規則はちゃんと守る自動人形アミィの話によると、この城の主である旦那さまは娘の病気を治せるという医者をここに連れてくるためにしばらく城を留守にしているのだという。奥さんは娘を産んだときに亡くなったらしく、お嬢さまはアミィのような愛玩用や給仕用の自動人形に育てられたのだとか。

――自動人形に育てられたお嬢さま。

あり得ない。やっぱりこの家は普通じゃない。

たとえこの家が戦乱の世から続く名家であっても、自動人形だけに留守を任せるなんてどうかしてる。何か、人に言えない事情というものがあるはずだ。

「アミィに敵意がないことはわかります。ですがルインとリッカは偵察行動の最中です。不審なものを見つけたら王子に報告する決まりになっています」

「報告すればいいじゃない。ここのことも、わたしのことも」

「そのためには情報が必要です。あなたについて、この城について」

それから、この城に住む人間について。と、ルインはアミィに詰め寄った。

「これだけ多くの自動人形を抱えている家ならば王国に知られていないはずがありません。人知れず、こんな場所で、大量の自動人形を運用するというのはあまりにも不審です。これについて、ルインはアミィに説明を求めます」

「そこに転がっている一つ目の自動人形たちは旦那さまが研究用に飼っていたものよ。

この城は、自動人形を開発する研究所だったから」

「自動人形の研究所……いきなりハードな事実が発覚しましたよリッカ」

「そんな研究所があったらみんな知ってるはず。どうして誰も知らないんですか？」

「森に人払いの呪術をかけてあるからよ。この城のことを知る人間はいないわ」

「人払いということは、人形なら辿り着けるということですね」

「アミィさん、そんな重要なことを私たちに喋っちゃっていいんですか？」

「平気よ。これは禁則事項に含まれてないから」

アミィはよく喋る自動人形だ。「禁則事項」と「知らないこと」以外はだいたい喋ってくれた。ルインが淡々と尋問していくと、次のような事実が判明した。

お嬢さまについてはほぼ「禁則事項」であること。

旦那さまの研究内容についてはアミィも本当に「知らないこと」であること。

それから……アミィはずっとこのお城で「客人」を待ち望んでいたこと。

アミィはこの城から出られない。だから、人払いの呪術を打ち破ってここへ辿り着く人形や、人形使いを待っていたのだと思う。

「心から歓迎するわ。ルイン、リッカ。そのお友達も」

屈託のない笑みでスカートの端をつまむアミィ。

その笑顔は本当に「心」を感じさせるもので、お人形とは自然と話せるリッカも人間を相手にしているときみたいに緊張してしまう。相手が自動人形でも敬語が抜けないのはアミィがあまりにも人間らしいからだ。

「そういえば、リッカのくぐつ人形は少し様子がおかしいわね。何かあったの？」

糸のない人形のようにだらりとしたくぐつ人形を見て、アミィが言った。

「森の出口を見つけたあたりでおかしくなったんです。何か原因があるかもしれないと思ってお邪魔したんですけど……アミィさん、何か心当たりはありませんか？」

「人払いの呪術はまやかしの術だから人形に影響を与えることはないと思うんだけど」

アミィはくぐつ人形の前に立ち、目と目を合わせ、状態を確かめるために体のあちこちに手を触れた。

「ケガも病気もしてないわ。でも、意志はハッキリしてるわね。二階が気になるみたい」

リッカとルインは思わず目を合わせ、「やっぱり」と頷いてしまう。

アミィが出迎えてくれるまで、この子はずっと「上」を見ていた。それこそお城に入る前から、城壁の向こう側にある何かをずっと見上げていた。

「二階にはいろいろあるものね。どうぞこちらへ。お嬢さまのお部屋以外はどこでも入って大丈夫だから、好きに見ていくといいわ」

かしゃん。

アミィの言葉に反応して、くぐつ人形がまた自分の足で一歩前に踏み出す。

でも、勝手に歩き出すことはせず、アミィが階段のほうへ歩き出すまで大人しくエスコートを待っていた。客人としての自覚があるっていうのもヘンだけど、いちおう周りのことは見えているようだ。

「そうだ。わたし、ルインに見せたいものがあるのよ。自動人形の友達ができたら絶対に見てもらおうって決めていたの」

「友達？」

アミィはルインのことを「友達」と言った。自動人形としての仲間意識からか。それとも、ルインがアミィと同年代に見える外見だからだろうか。

「ああ、こんな素晴らしい日が来るなんて。ほんの一瞬でいいから、お嬢さまのお部屋の扉を開けられたらいいのに」

アミィの言葉に引っかかったのはリッカだけ。

古城の四人は、やけに大きな足音を立てながら、かび臭い階段を上がっていった。


アミィがルインに見せたかったもの。

それは、大きなクローゼットの中にぎっしりと詰められた衣装の数々だった。

「思った通り。ルインはわたしとサイズが同じなのね。どのドレスもぴったりだわ」

「アミィ。なぜルインに服を着せようとするのですか。着替える必要はありませんよ」

「あるわよ。だってルインはかわいいもの」

アミィはルインのことをいたく気に入ったようだった。元から愛想のいい自動人形だけど、ルインに対してだけ明らかに態度が違う。もちろん客人としてもてなしてくれているので、リッカにも優しくてフレンドリーに接してくれるし、ぐぐつ人形のことも常に気を配ってくれている。

それでもアミィのルインに対する接し方はやたら特別に感じるのだ。いちど「お友達」と認識をしたせいか、もしかしたらアミィの思考回路がルインを特別視するようになったのかもしれない。

でも、リッカが「意外だな」と思ったことがひとつ。

「アミィ、ルインは自分で着替えられます。補助は不要です」

なんというか、ルインがまんざらでもないご様子なのである。アミィがアレもコレもと持ってくる衣装を、ルインは何だかんだ言いながらもちゃんと着ているのだ。

ルインのことだから、てっきり「その必要はありません」とキッパリ断るものだと思っていたけど、ちゃんとアミィの相手をしてあげている。

「試着完了。確かにこれは、ルインの体にぴったりですね」

ルインはアミィの着せ替え遊びに付き合っていくうちに、だんだんといい顔をするようになっていった。「心」も「想像」も今ひとつピンとこないという戦闘用の自動人形が、口元をゆるめて、ほんの少しではあるけど目尻を下げて「笑って」いる。

ルインの思考回路にも「友達」という言葉の意味が認識され始めているのだろうか。

「そのドレスはお嬢さまがわたしのために作ってくれたのよ」

「そんな大切なものをルインに着せてよいのですか?」

「まあルイン、あなた『大切』の意味がわかるのね」

「そのぐらいはわかります。ルインが推察するに、アミィにとってお嬢さまとは特別な存在です。彼女があなたのためにと用意したものなら大切に扱うでしょう」

「大切だからあなたに着てほしいのよ。ルイン」

そこでルインの思考は停止した。気持ちはわかる。見てるこっちが照れてしまう。

自動人形同士の会話とは思えないハイレベルなやりとりである。

たぶん、アミィはリッカよりも話が上手だ。ここまで来るともう人間と区別がつかない。

「ここにあるドレスはわたしとお嬢さまの『お友達』に着せて楽しんでもらうものなの。だからわたしのお友達であるルインにも着てほしい。楽しんでほしい。そうすることでわたしもお嬢さまも楽しめる。ええっと……ルインにもわかりやすく言うのは難しいわね。どう言えばうまく伝わるかしら」

――『着せ替え遊び』。

「……着せ替え遊び。そう言えばルインでも理解できますよ。アミィさん」

「そうね。まさしくそれだわ」

「なるほど。人形の服を着せ替えて遊ぶ。そのような意図で作られた衣装というのなら納得です。ルインにも理解できました」

アミィにとってお嬢さまというのはいわばご主人様だ。こんなにかわいい愛玩人形が

いたら、そりゃたくさん衣装を用意して着せ替えしてあげたくなるだろう。

　リッカも着せ替え遊びは大好きだ。お気に入りの子に自作の服を着せたり、別の子にお揃いのものを用意してあげたり、小さいときはいろいろな遊びかたをしたものだ。

　この楽しみを、幸せを、愛情を、お人形たちにも共有できたらいいな。

　そんなことを思っていた。

　それを思い出して、自動人形たちも着せ替えを楽しんでいるという事実を目の当たりにしたリッカは、なんだかとても嬉しい気持ちになったのだ。

「ルインはこのドレスを気に入りました。動きやすいのも加点ポイントです」

「ならここにいるあいだはそのまま着ててちょうだい」

「それはできません。アミィの大切なドレスを汚損してしまいます」

「それでもいいわ」

　愛玩用自動人形アミィは、満面の笑みを浮かべる。

「それでもいいから着てて。お願いだから」

　戦闘用自動人形ルインは、頬をぴくりと動かして小首を傾げる。

「いいのですか？」

「もちろんよ。お嬢さまもきっと喜ぶわ」

「リッカはどう思いますか？」

　リッカは一瞬考えるフリをして「いいんじゃない？」と言った。

ルインは「リッカがそう言うのなら」と、アミィの申し出を受け入れた。

「わたし、このことをお嬢さまに伝えてくるわね。それまでこの部屋でくつろいでいてちょうだい。ついでにお茶の用意をしてくるから」

アミィはルインが着ていた黒いドレスを丁寧に畳んで、テーブルの上に置く。

「ああ、わたしとお嬢さまの夢がどんどん叶っていく。なんて幸せなのかしら」

部屋を出ていくとき、アミィの目は宝石のようにきらきらと輝いていた。

その青い宝石の中には、きっと楽しい未来が映し出されているんだろうな。とリッカは思った。

だってアミィったら、あんなにも嬉しそうな顔をしているんだもの。


それからしばらくしてもアミィは戻らなかった。

アミィを待っているあいだ、ルインはクローゼットに並べられたドレスを一着ずつ手にとってじっくりと観察していた。

自動人形らしく「感想」といえるようなコメントはその口から飛び出してくることはなかったけれど、やはり表情にはわずかな変化が見られた。アミィに着せられたドレスと同じようなデザインを見つけると瞬き(まばた)の回数が増え、もともとルインが着ていたようなふりふりのかわいいドレスを見つけると口元が緩んだ。

「ルイン、楽しい？」

「楽しいかはわかりません。ですがルインは『着せ替え遊び』に興味を示しています」

「アミィさんも楽しそうにしてたよ。それは城の給仕係としてどうなのでしょう。ルインと一緒に遊べて嬉しいんだね」

「それは城の給仕係としてどうなのでしょう。リッカに出すお茶よりもルインに着替えさせる衣装を先に用意するなど適切な対応とは言えません」

「アミィさんがそうしたいと思ったからそうしたんでしょ。ルインがクローゼットからふりふりのドレスを選ぶのと同じだよ」

「これは……ルインがいつも着ている服に似ているからですよ」

「じゃあそれとそれ、二つのうちどっちか捨てるなら？」

「こっちです」

ルインは地味な水色のワンピースを指さした。

「ルインは赤のふりふりのほうが好きなんだね」

「好きという人の感情についてはルインもまだ学習中です。王子はよくその言葉をつかいますね。ルインにその心をわからせようとすることも多いです」

「そりゃそうだよ。『好き』はとても大事な感情だもん」

「ノイズの中に、その『好き』が含まれているのでしょうか」

「きっとあると思うな。ルインは私と同じように王子のことが大好きなはずだもん」

自動人形のルインは『思考』で物事の判断をする。そのため『感情』の動きがどんなものか自分で感じ取ることが苦手だ。感じることが苦手だから、それを言語化することも難しいのだろう。だから「ノイズ」が発生する。
そしてそのまま、人の感情に近いものを「ノイズ」として認識するのだ。
でも、アミィはもしかしたら「好き」という感情がわかるのかもしれない。
アミィはお嬢さまのことが大好きで、ルインのことも大好きだ。
好きな人と一緒に幸せを共有したい。それによって新たな幸せを感じたい。
そんな、人の心の中にある願望がアミィの行動や言動からは見て取れる。

「リッカ、見てください。くぐつ人形が壁を叩いています」

とつぜん、リッカのくぐつ人形がお部屋の壁をコン、コンとゆっくり叩き始めた。
そういえばしばらくじっと自動人形たちの「着せ替え遊び」を眺めていたけど、この子ははじめから上に来たがっていたんだっけ。

「どうしたの？　何か見つけたの？」

かしゃん。

肯定した。しかも即答だ。リッカはくぐつ人形が叩いている壁に手を触れてみる。
埃（ほこり）を払い、指先で慎重に壁紙をなぞっていく。
すると、模様に不自然な切れ目があるのを発見した。

「隠し扉だ」

壁にあった不自然な切れ目は、人が通り抜けられるほどの大きさの扉のかたちになっていた。ドアや鍵穴はないが、隠し扉のところだけやけにカタい素材で作られている。

「思いっきり押せば動くかも。ルイン、ちょっと手伝って」

「了解しました。リッカは下がってください」

重たい鉄扉の可能性があるのでここはルインにバトンタッチ。ルインは壁に手を当て、姿勢を低くして壁を押す。ズズッ、と重い音が鳴り、隠し扉が向こう側に押し開いた。

――隠し部屋だ。

中は真っ暗。蠟燭台が一つもない。リッカの目では何も見えない。

「ルインには見えます」

「何がある？」

「白い布をかぶったものが複数体。危険な気配がします。要調査です」

「待ってルイン。いま灯りを」

一人で中に入ろうとするルインのドレスを摑み、リッカは手早く洋灯に火を点す。

ルインの言った通り、隠し部屋の中には白い布を被せられた何かがたくさん並んでいた。

背丈はリッカより少し高い。ルインやアミィと同じくらいだ。

「リッカ、布を取って確認しましょう。明らかに怪しいです」

「いいけど慎重にね。まずは一つだけ。扉に一番近いところにあるやつだけお願い」

ルインはリッカの指示通り、隠し扉に一番近いところにある布に手をかけ、感触を確かめながらゆっくりとそれを取っていった。

するすると白い布が外れていく。

リッカは手にしていた洋灯をルインのほうに近づけて、そこに立っていたモノの正体をその目で確かめた。

「自動人形だ」

隠し部屋に所狭しと並んでいる白い布に包まれた物体は、少女の姿を模した自動人形だった。アミィと違ってかなりのオンボロ。でも身につけている衣服はきれいに手入れされていて、糸のほつれも汚れもまったくといっていいほど見当たらない。

「すでに機能停止しています。この状態では自動人形とは呼べませんね」

「待機状態ってこと？」

「いいえ。完全な停止です。起動条件を満たしていません」

「そっか。でも、この子たちが自動人形っていう事実は変わらないよ。人間といっしょに生きるために作られた。だから『自動人形とは呼べない』なんて言っちゃダメ」

「ダメですか。ルインなりに言葉を選んだつもりでした」

「それはわかってる。言葉を上手につかうのって難しいよね。ルインはこの子たちの状態を言葉で『表現』しようとしたんでしょう？」

リッカは、言葉をうまくつかおうと努力する無器用な自動人形の髪をやさしく撫(な)でてあげた。ルインは「人らしい会話とは難しいものですね」と独り言をいって、二体目、三体目と、次々に白い布を外していった。

自分の足で動くことができないのは自動人形とは呼べない。

確かにこれは「人らしい」言い方だ。ルインなら「自動人形は自動人形です」とでも言いそうなものだ。

でも、それが言葉の難しいところ。

意図して選んでも、意図せず誰かを傷つけることがある。

たとえ相手が人形だとしても、彼女たちに「心」がないだなんて決めつけてはいけない。

——私は自律し、自立できるお人形。

彼女たちは、この世に生を亨けた瞬間からそういう認識を持って生きているのだから。

「すべての布を外しました。全部で二十四体。どれも女性型です」

「みんなかわいく着飾ってるね。着せ替え遊びをするためのお人形なのかな？」

「それは違います。これは戦闘用の自動人形です」

これにはリッカも思わず言葉を失う。

「ここに並んでいるのはルインと同じ戦闘用自動人形です。下にいた一つ目の自動人形を大破させたのはここにいる人形たちと同じモデルでしょう。腕の形状でわかります」

色とりどりのドレスを身につけたお人形さんたちは、高い攻撃力を有する戦闘用の自動人形だった。

彼女たちは眠っているが、ルインによるとこの数が同時に動き出して敵対した場合ルイン一人で戦い抜くことは難しいとのこと。数的不利の状況をものともしないルインがこんなことを言うなんて珍しい。

つまりこの部屋は「めちゃくちゃ強い」警備用の自動人形の詰め所というわけだ。

自動人形は何がきっかけで動き出すかわからない。

もしこの自動人形たちがリッカやルインを「敵」と判断した場合は一斉に襲いかかって来るはずだ。そう考えるとこの部屋は火薬庫みたいなもの。ヘンな刺激を与えないようにしないと大変なことになる。これにはさすがのルインも慎重になっている。

だが、そうではない子がいたようで。

「リッカ、くぐつ人形が」

かしゃん。

「ちょっと、ダメだよ勝手に」

かしゃんかしゃん。

かしゃん。

「ねえってば！」

かしゃん、かしゃんかしゃんかしゃんかしゃん！

止まらない。

「ダメ！」

リッカは思い切り糸を引く。それでもくぐつ人形は部屋の奥へと向かっていく。

ルインの横を素早くすり抜けて、灯りが届かない壁際へ。

なんていう力。この子がこんなに強くリッカを引っ張るなんてあり得ない。

リッカはぐつ人形に壁際まで引っ張られた。ルインも後ろをついてくる。

ぐつ人形は扉から一番遠いところでその足を止めた。

灯りを向けると、そこには真っ黒に塗られたクローゼットが見えた。

「ぐつ人形はずっとこのクローゼットを気にしていたんですね」

両開きのクローゼットにはお札のようなものが何枚も貼りつけてあった。魔法や呪術で使われる封印式に見える。リッカもルインもこういった儀式めいたものについて詳しくないから、これが何であるかヘタに断定しないほうがいい。

一つわかることといえば、この貼り方はクローゼットの中に何かを閉じ込めているってことぐらいだろうか。

触ってはいけない。絶対に。

ところが、ぐつ人形の暴走は止まらない。

――かしゃん。

べりっ。お札を剝がす音がした。

ちょっと待った。リッカがそう言おうとしたけれど、そのままべりべりべりっ。

ぐつ人形はクローゼットのお札を一瞬にして全部剝がしてしまった。

——糸を引いて。

いま、何か聞こえた。女の子の声だ。

この子の声じゃない。ルインの声でもない。

「ルイン、今の聞こえた？」

「いいえ何も」

ルインには聞こえてない。リッカにだけ聞こえたんだ。

いろいろありすぎて思考が追いつかないけれど、いま一番様子がおかしいのはリッカのくぐつ人形だ。お札を剝がしただけじゃ飽き足らず、クローゼットの扉を開けようとしている。それを阻止しようとリッカが必死に糸を引いているんだけど、ものすごい力で抵抗してくるもんだから制御できない。

そうこうしているうちに、くぐつ人形はクローゼットの扉を開けてしまった。

ギイィ……という木が擦(こす)れる音と共にゆっくりと中身がその姿を現す。

クローゼットの中にあったのは、やっぱり人形だった。白い布は被せられていない。

でもこの隠し部屋にあった自動人形とはまるで違う。

泥と藁(わら)で塗り固められた、顔のない土人形。とても粗雑な作りだ。色付けもされていない。泥が乾燥してあちこちひび割れている。落としたらバラバラに砕(くだ)けてしまうだろう。

「なぜこのような人形がクローゼットの中に？」

「わからない。でもとてもイヤな感じがする」

「リッカ、この人形から魔力を感じますか？」

「うん。感じる。何かの儀式に使われたんだ」

かしゃん。

くぐつ人形がその場に膝からくずおれた。

そのまま床に力なく倒れ込み、リッカの糸はくぐつ人形の関節に弄ばれてあちこち絡まり出す。さっきまであんなにピンと張りつめていたのに。

「自律してない……糸を引いてもいつも通り動かない」

「呪いのせいでしょうか」

「そうかもしれない。けどなんでこの子は自分で封印を解いちゃったの？」

「そういう仕掛けがあったのではないですか？　封印を解かせるために人形をおびき寄せる、というような」

「ルインにしてはいい推理だね」

「ありがとうございます」

「あの扉は開けちゃダメだったんだよ。私たちはあの着せ替え部屋でアミィさんが戻るのを待ってなきゃいけなかったんだ」

「その通りよ。どうして扉を開けてしまったの」

振り返ると、目を青く光らせた自動人形がティーセットを両手にこちらを見ていた。

アミィだ。いつの間に戻っていたんだろう。

「その人形から今すぐ離れて。それにはとても強い呪いがかけられているの」

「アミィ、説明を求めます。その呪いはリッカにどのような影響を与えるのですか？」

「人間には効かないわ。その呪いの対象は人形。危ないのはあなたよルイン」

「人形を対象にした呪い？」

「そいつはわたしたち人形の心を盗むの。人形を悪い力で動かして、みんなをひどい目に遭わせるのよ。そのくぐつ人形の挙動がおかしくなったのもきっと呪いのせいよ」

「どうすれば元に戻るんですか？」

「その人形をもう一度クローゼットに封印するの。ルイン、手伝ってくれるかしら」

「もちろんです。ルインは何をすればよいのですか？」

「そうね。まずは……そいつを倒してちょうだい」

「倒す？」

「ルイン危ない！」

それは、ルインの背後から突然襲いかかってきた。

クローゼットの中にいたはずの土人形が腕を振り上げ、ルインの首元を狙って手刀を放ってきた。ルインはギリギリのところで身を躱し、相手の手に武器が握られていないことを確認する。そしてすかさず片手で土人形の腕を取り、肘から下をへし折ってからそのままねじ切った。

どちゃ、という音と共に土人形の右腕が床に落ちる。

「よい速度ですが脆弱(ぜいじゃく)です。特殊な加工はされていません。強度はただの土人形ですね」

反撃します。と、ルインは片腕を失ってよろめいている土人形の背後に回り込み、素早く足払いをかけた。土人形の膝から下にはそこそこの強度があったようで、土人形の脚部は腕のように吹き飛ぶことはなかった。両足を刈られた土人形はきれいに宙に浮き上がり、肩から床に落ちて即座にルインに取り押さえられた。

ルインは膝で土人形の頭部を押さえつけながら「倒しました」と一言。

ここまでほんの数秒。

ルインの戦闘力を目の当たりにして、アミィも目をぱちくりさせている。

「驚いたわ。ルイン、あなた本当に強いのね」

「戦闘用なので当然です。それで？　この土人形をどうすればよいのですか？」

「クローゼットの扉さえ閉めれば動きは封じられるわ」

「わかりました。ではこのまま力尽くで……」

ルインが土人形の体を抱え上げようとしたその時。

――お父さまを助けてあげて。

――アミィを、助けてあげて。

また声が聞こえた。今度はルインにも聞こえたようだ。

かしゃん。

床に倒れていたくぐつ人形の腕だけがゆっくりと持ち上がり、ある方向を指さした。

「アミィさん。いまこの子が指した方向には何があるの？」

「客間です。それと、お嬢さまのお部屋があります」

アミィは淡々と答えた。人形らしく、事実だけを述べる。

「じゃあ、今のは『お嬢さま』の声なのかも……」

リッカはルインがちぎった土人形の腕を拾いあげ、その断面を確認する。そこに見えた土人形の骨――太さがやけにしっかりしてる。

「これ、人の骨だ……」

クローゼットの土人形は、人骨に泥で肉付けをして作られたものだった。すぐにルインがアミィを問い詰めたが、アミィは何も答えなかった。

リッカは、ただ黙っているだけのアミィにこんなことを訊いた。

「アミィさん、もしかして、何か困ってることがあるんじゃないですか？」

「困ってること？」

「そうです。アミィさん自身のことや、お嬢さまのことで、何とかしたいって思ってないですか？　誰かに聞いてほしいことや、見てほしいこと。そういうのがあれば言ってください。私たちが力になりますから」

この状況にあって、自動人形アミィを警戒しないというほどリッカも平和ボケはしていない。ルインは土人形を制御しながらアミィの動きに細心の注意を払っている。一挙手一投足を見逃さないように、目の色を変えてアミィを警戒している。

アミィが怪しいのは最初からわかっていたことだ。このお城も、広間に転がっていた一つ目の自動人形たちも、全て怪しい。のんきにお茶を飲んでいる場合じゃない。

アミィが何のために作られた自動人形なのか。何のためにリッカたちをここに連れてきたのか、その情報を引き出すのはもはや必然。

でも彼女は、アミィは、人間の「意思」や「心」に近いものを持っている。

接し方しだいでは禁則事項というルールを破ってくれるかもしれない。

アミィが言いたいこと、やりたいこと、してほしいこと。

そういったものも自分の意思で話してくれるかもしれない。

リッカは、お人形と会話することは得意だ。だからそれに賭けた。

「アミィさんは人を想うことができる。私たち人間と同じように」

リッカはアミィの心に寄り添った。

アミィの心から言葉が返ってくることを信じた。

「アミィさんは私たちといるときもお嬢さまのことを想ってますよね。ただの使命感なんかじゃなくて、お嬢さまのことが好きだからずっと心の中にいるんです」

「好き……？」

「アミィさんはお嬢さまのことが好きなんでしょう？」

アミィはうんうんと頷き、人形が口にすることは極めて少ないその言葉を口にした。

「好き。大好き」

アミィは「好き」を理解していたのだ。これにはルインも驚く様子を隠せなかった。

「わたしとお嬢さまは生まれた時からの仲良しで、お互いにどんな秘密も打ち明けてきた。わたしたちは主従の関係をこえたお友達なの。この世界で、最初のお友達。お嬢さまは運命共同体と言ってくれた。決してわたしを一人にしないって」

――だからわたしも、お嬢さまを一人にはしない。

アミィはお嬢さまについて話してくれた。このときのアミィの様子は、着せ替え遊びをしていた時のアミィとはちょっと違っていて、話し方がぎこちなくて、言葉も途切れ途切れでそこまで上手に喋れていないという感じだった。

人形らしく？

ちがう。実に人間らしい話し方だ。

誰かを想い、何かを思い、感情がこみ上げてきたときの話し方だ。

アミィは大好きなお嬢さまについて、たくさん話してくれた。

アミィにとって、お嬢さまがこの世界でいちばん大切な存在であること。

そのお嬢さまは何らかの事情があってお部屋から出られないこと。

お嬢さまも、アミィも、実は外の世界に興味があるということ。だから「お客様」をずっと待っていて、外の世界の話を聞かせてくれたり、おみやげを持ってきてくれたり、そういった交流を、ずっと期待していたということ。

いろいろ話しているうち、ついにアミィは禁則事項を破ってしまう。

――人間らしく。

「旦那さまはお嬢さまの力を利用し続けた。それがお嬢さまの寿命を削り、自由を奪うとわかっていながら……旦那さまはお嬢さまをあの部屋に閉じ込め続けた」

アミィのこの言葉からは「怒り」が感じられた。

「アミィさん、落ち着いて。大丈夫だから」

リッカは、目の色を青から『赤』に変えたアミィを落ち着かせようと言葉を慎重に選ぶ。ルインは「危険です」と目で合図を送っているけど、それを言葉や行動に表すのはもっと危険だ。ここはリッカに任せてほしい。

「わたし、気づいてしまったの。このお城の闇を生み出したのは旦那さまだって。旦那さまは自動人形の研究のためにお嬢さまを苦しめ続けた。あの凶暴な一つ目の自動人形も、ここで眠っている警備用の人形たちも、すべては旦那さまがお嬢さまを実験動物にするための道具に過ぎなかったんだって。旦那さまは、お嬢さまを愛していなかったのよ」

アミィは拳を強く握り、衝撃の事実を言い放った。

「旦那さまはお嬢さまに毎日呪いをかけていたのよ。ひどいでしょう？　だからわたしは、旦那さまに呪いを返したの。そしたら旦那さまは……人形から心を盗む怪物になった」

クローゼットに閉じ込められていた人骨はこの城の主——旦那さまのものだった。旦那さまに呪いを返したのはアミィ。どのようにして呪いを返したのかは謎だけど、旦那さまを凶暴な人形に変えた犯人はアミィで間違いない。

「旦那さま、クローゼットにお戻りください。あなたは人形と関わってはいけない」

赤く目を光らせたアミィが、じりじりとルインに歩み寄る。

そこで、しばらく大人しくしていた土人形が激しく抵抗し始めた。ルインから逃れたいのではない。アミィから逃れるために必死にあがいているのだ。

「リッカ、これ以上は危険です。退避してください」

土人形は迫り来るアミィから逃げようと本気を見せた。片腕を失いながらも、足でルインを蹴りつけ、その隙に拘束から逃れたのである。

膝の下から逃げ出した土人形を追ってルインは手を伸ばすが、土人形はこれまでにない反応速度で身を躱し、一目散に壁に向かって体当たり。

脆(もろ)いはずの土人形は壁を突き破っても倒れ込むことはなく、そのまま勢いよく廊下を走り抜けていく。

「お嬢さまのお部屋に向かっていく！　警備人形たち、今すぐ旦那さまを追って！」

驚くのはここからだ。

　アミィが土人形の追跡を命じると同時、部屋で沈黙していた警備用の自動人形たちがいっせいに動き出し、リッカとルインには目もくれずに部屋の外へ飛び出していったのだ。

　二十体以上の自動人形が、戦闘モードに入った。

「ルイン、リッカ。危険だからあなたたちはここで待ってて」

「アミィ自身も危険です。危険だからあなたたちはここで待ってて」

「ダメ、あなたは来ないで。お願いだから」

　アミィの目はまだ赤く光ったまま。

　でも、声色は、さっきのアミィだ。

　着せ替え遊びをしていたときの、やさしいアミィだ。

「わたしはルインのことが好き。わたしの初めての、お人形のお友達。あなたのことを失いたくないの」

　アミィはそう言って、ルインの横を素通りし、自動人形たちの後を追ってお嬢さまの部屋へと向かった。

「どうする？　ルイン」

「気になりますが、行かないほうがいいでしょう。アミィの状態も不安定ですが、それよりもあの自動人形たちがどう動くかわかりませんから」

「……ルイン、いま『気になる』って言った？」

「はい。言いました」

「それは意思だよ。ルイン」

リッカは質問の仕方を変える。

「ルインはどうしたい？　あなたの気持ちを聞かせて」

「ルインは……」

――アミィを、助けてあげて。

「ルインは、アミィを助けたいです」

「うん。私も同じ。三人で助けに行こう」

かしゃん。

くぐつ人形が反応した。右腕が上がり、「糸を引いて」とアピールしてくる。

戻った。リッカはすぐに相棒の意図を汲み、手早く糸を引いてくぐつ人形の体を起こした。くぐつ人形の関節がスムーズに動く。絡まった糸を自分でほどいて数歩歩き、リッカと肩を並べる。

「よし、これでいつも通り。おかえり。ヘンな呪いのせいで大変だったね」

でも、もう大丈夫だよ。リッカはくぐつ人形の頭を撫でて安心させる。

「ルイン、アミィさんの後を追うよ。先頭はお願いね。くれぐれも慎重に」

「了解しました。くれぐれも慎重に」

リッカとルインは、曲がり角の先から感じる不穏な魔力を肌で感じながら、暗い廊下を駆け抜けた。

＊　＊　＊

お嬢さまの部屋の扉は、廊下の角を曲がってすぐのところにあった。

部屋の扉はいくつもあったけど、そこがお嬢さまの部屋であることはすぐにわかった。

なぜならその扉の前には、警備用の人形たちを次々と破壊していくアミィの姿があったからである。扉に背を向け、部屋を守るようにして両手を広げて警戒している。

一番最初に部屋を飛び出した土人形――旦那さまの骨人形は、アミィに踏みつけられて見るも無惨なかたちになっている。追跡は終わったはずなのに、一体どうしてアミィは一人で暴れまわっているのだろうか。

「オ嬢サマに近づくモノは破壊スル。オ嬢サマはワタシが守ル」

アミィはもう完全に変わってしまっていた。

赤く目を光らせ、牙を剝き、警備用の人形の残骸を何度も足で踏みつけ、床に擦りつけ、柱や壁に投げつけ、すでに機能停止した個体だろうがまだ動く個体であろうが関係なく、とにかく徹底的に痛めつけていた。

怒りに身を任せた攻撃――暴走だ。

「リッカ。アミィが暴走しています。これも呪いのせいなのでしょうか」

「呪いのせいもあるけど、それだけじゃないよ」

「どういうことですか？」

「アミィさんの役目はあの扉を守ることなんだ。ご主人様と、それを追いかけた人形たちがいっせいにお嬢さまの部屋に押しかけたから、スイッチが入っちゃったんだよ」

きっとそうだよね。アミィさん。

リッカの心から溢れた温かい涙が、頰を伝っていく。

どうしてだろう？　命の危険さえある状況なのに、まったくといっていいほど怖くない。リッカの心を締め付けて涙を溢れさせているのは恐怖心ではない。

なんて悲しい光景なんだろう。

すでに「手遅れ」の状態にある愛玩用自動人形が、主の部屋を守ろうとボロボロになりながら戦う姿を見て、リッカは涙をこらえることができなかった。

「呼びかけに応じません。ルインのことも、リッカのことも、すでに認識できていません。逃げるならこのタイミングしかありませんよ」

アミィを包囲する自動人形の数はすでに五体以下。扉の前には、それ以上の残骸が転がっている。アミィ一人であの数の戦闘用自動人形を破壊したということだ。ルインがいても勝てないかもしれない。

くれぐれも慎重に。リッカはあの部屋を飛び出したとき、ルインにそうお願いをした。

でも今リッカの頭には「慎重」とは程遠い策が浮かんでいる。

それは……おそらくあの扉の向こうにある、このお城の謎に迫るということ。

「ねえルイン。アミィさんと一対一になったら、しばらくやり合える？」

「可能です。できれば『やり合う』について具体的な指示をお願いします」

「あの扉から引き離してほしい。試したいことがあるの」

「問題ありません。ですがまもなく最後の一体が破壊されます。すぐに始まりますよ」

「わかってる」

リッカはくぐつ人形の糸を軽く引いて、「いくよ」と合図を送る。

かしゃん。

糸にかかる負担が少ない。くぐつ人形はいつも通り適度に自律してくれている。リッカと共に戦えるという意志のようなものを示してくれている。

「オ嬢サマはワタシが守ル！」

「自動人形アミィを攻撃対象と認識しました。戦闘を開始します」

最後の一体を粉砕した暴走人形アミィは赤い目を光らせたままルインのほうを向いた。

ルインは注意を引きつけるためにわざと大げさに構え「戦闘開始」を口にする。すでに臨戦態勢にあるルインを見たアミィも。ルインを敵性存在と認知。

自動人形同士による一対一の戦いが始まった。

「アミィ、残念です。あなたからもっと人間らしさを学びたかった」

ルインは正面からアミィの間合いに踏み込んだ。アミィは間合いに入ろうとするルインに対し強烈な前蹴りを放ち、それを正面から受け止めようとするルインがほんの一瞬視線を下に送ったタイミングで距離を詰めた。殴打による追撃だ。

「愚策です。アミィは戦闘に不慣れですね。やはりあなたは愛玩人形です」

ガンッ、と大きな接触音。ルインはアミィの追撃をそのまま拳で打ち返したのである。

その直後ルインのスカートが宙に円を描いた。

目くらまし。だがリッカは、ルインがスカートを翻らせた後に取る戦術を知っている。

ルインの狙いは、至近距離からの砲撃である。

兵器としてつくられた戦闘用自動人形ルインには、多彩な兵装が搭載されている。遠くにいる敵を射撃する兵装を接近戦の体術に織り交ぜ、「アミィを扉の前から引き離す」という戦闘の目的をいち早く達成させたのだ。

「今ですリッカ！」

リッカはその合図を待たずに扉の前へと走り出していた。くぐつ人形に背面を守らせ、リッカは扉に向かって一直線。

そして扉の前に立ったリッカは、この作戦でもっとも需要な行動を取ることに成功した。

――コンコンコン。

三度のノック。そして。

「こんにちは。くぐつ使いのリッカと申します。一緒にいるのは、お人形のお友達。みんなであなたに会いに来ました」

リッカは扉の向こうにいるお嬢さまを「訪ねた」のだ。客人として。

そして、お嬢さまに助けを求めた。

「話したいことはたくさんあるけど、一つだけ先に教えて欲しいことがあるんです。私は、私たちは……どうすればアミィさんを助けることができますか？　どうすれば、お嬢さまを助けることができますか？」

すると、お嬢さまから返事がかえってきた。

──糸を引いて。くぐつ使いさん。アミィの糸は、まだ一本だけ残ってる。

「糸……」

まさか、とリッカはアミィの背中を凝視する。ルインを床に押さえつけようとしているアミィの首元に、キラリと光る一本の糸が見えた。

「そんな、まさか……」

迷っているヒマはない。ルインは防戦一方。このチャンスを逃せば次はない。

リッカは相棒のくぐつ人形から手を離し、アミィの首から垂れ下がる糸を掴みにいった。

──アミィ、今日までよくがんばってくれたわね。お疲れさま。

リッカが糸を掴むと、アミィは即座に動きを停止した。

アミィはこれまでの暴走がウソのように大人しくなり、だらんと両手を下げてその場に膝をついたのである。リッカが糸を離せば床に倒れ込んでしまうかもしれない。アミィは自動人形ではなく、糸の切れたくぐつ人形だったのである。

「リッカ、無事ですか？」

ルインは起き上がり、リッカの手によって吊り下げられたくぐつ人形アミィを見やる。そして、ついさっき「お友達」になったばかりのお人形に、静かに語りかける。

「アミィ、これは一体どういうことですか？　ルインは説明を求めます」

もちろんアミィは答えない。

「聞いていますか？　アミィ」

口も、青い瞳を包む睫毛も、指先も、何ひとつ微動だにしない。

「まるで別人です。リッカ、どうすればアミィは動けるようになるのですか？　どうすれば、アミィはまた言葉を話せるようになるのですか？」

そうなることを期待しているかのようにルインが訊いてくる。純粋な視線が痛い。

「あのねルイン。アミィさんはもう元には戻らないんだよ。あの状態がおかしかったの。呪いのせいかはわからないけど、きっとアミィさんの身に不思議なことが起きたんだよ。だってアミィさんは、自分で歩くことのできない大昔のくぐつ人形だから」

アミィは自律機能のない、とても古いくぐつ人形だった。表情に変化のない、糸で手足を動かして遊ぶお人形。ある意味「愛玩用」であるけれど、リッカたちが思っていた愛玩用自動人形とは違う。

　性能も、作られた時代も、作られた理由も。

「リッカさん、どうぞ部屋に入って」

　扉の向こうから人の声がした。これまでのように頭の中に直接流れ込んでくる感じではなく、はっきりと部屋の中で「音」がする。リッカは、動かなくなったアミィの体を揺すり続けるルインの手を引いて、お嬢さまの部屋の扉を開けた。

　そして目の前に飛び込んできた光景に、リッカは思わずその場で泣き崩れてしまった。

「どうして」

　どうして、こんなに悲しいことが起こるのだろうか。

　どうして、こんなに苦しいことが起こるのだろうか。

　――部屋の中央には、きれいなドレスを身につけた白骨死体が椅子に座らされていた。

　壁際の棚には、びっしりとお人形が並んでいる。

　糸も、ゼンマイもついていないごく普通の愛玩人形たちは、アミィが最初に案内してくれた着せ替え部屋にあった服を着ていた。

「この子たちと同じものを、アミィさんに作ってあげたんだね。あの着せ替え部屋は、アミィさんの部屋だったんだ」

リッカは椅子に腰掛けるお嬢さまに歩み寄り、その場で力なく膝をついた。

「ありがとう。扉を開けてくれて」

ありがとう。私たちを、ここに呼んでくれて。

お嬢さまはとっくの昔に絶命していたのだ。あの土人形、この子のお父さんによる呪いのせいなのかどうかはわからないけど、彼女は外の世界を知らずに死んでしまったのだ。

「リッカ、大変興味深い資料を発見しました。これは呪術の実験記録です」

「呪術の実験……アミィさんの言ってたことは本当だったんだ。でも、どうしてこんなものがお嬢さまのお部屋にあるんだろう」

「これはあくまでルインの推察ですが……この少女は、自ら率先して父親の研究に協力していたのではないでしょうか」

ルインはやけに自信ありげに言った。

「記録の内容からして、この少女は、お嬢さまはかなり特殊な力を持っていたようです。だから父親も娘に期待したのではないでしょうか。自分にできることならと、これが自分の存在意義なのだと、人形に関する呪術に、生きる道を見いだしたのではないかと」

ルインにも覚えがあります。と、ルインは言った。

戦いの中に生きる道を見いだしていた戦闘用自動人形は、この可哀想（かわいそう）な少女に何か共感めいたものを感じたのだろうか。

「もしかしたらぐつ人形のアミィを動かしていたのは土人形の呪いなどではなく、この方の力だったのかもしれません。アミィもそれをわかっていたはずです」

「どうしてそう思うの？」

「ここに、アミィに関する記述があるからです」

ルインはテーブルの上から拾い上げた日記帳をリッカに見せた。

日記帳の最後のページには、お嬢さまの「夢」について書かれていた。

お嬢さまは病気のせいで足が不自由で、自分の力で歩けなかった。でもその病気が治って、アミィと一緒にこの城を抜け出して……人形好きのお友達を探しにいくという夢だ。

小さいころ友達がいなかったリッカは、お嬢さまの日記にあった「お人形遊びが好きな子なら、きっとわたしのことも怖がらない」との一文を読んで、胸の奥がぎゅうっと締め付けられるような感覚に陥った。痛いほどわかる。

どんなにいい夢を見たとしても、いちど心についた傷はそう簡単に消えてくれない。

お嬢さまはきっと、過去に人間のお友達を作ろうと努力したことがあるんだ。でもうまく行かなかった。傷ついた。昔の人形たちは無器用で、無口で、傷ついた心のなおしかたも、痛みをやわらげる方法も知らなかった。

だからお嬢さまは、人形と仲の良いお友達を求めたんだ。

「このお城のことは、ちゃんと人に伝えます。あなたが大切にしたお人形たちも、新しい居場所が見つかるように私が何とかします。だから、もうゆっくり休んでね」

リッカはお嬢さまの体を抱きしめて、白く細い手にアミィの糸を握らせてやった。

すると、くぐつ人形のアミィが首を起こし、最後に一言だけ喋ったのだ。

『三人とも、どうもありがとう。ルイン、そのドレス、あなたにあげるわ。どうかもらってちょうだい。それはわたしの一番のお気に入りだったのよ』

それっきり、アミィは口を動かすことはなかった。

「……では遠慮なく。ルインも、このドレスが気に入りましたので」

ルインはドレスの乱れを直し、やさしいご主人様に抱かれた「お友達」に別れの挨拶(あいさつ)をする。このときのルインの声色がいつもと違ったので、リッカはルインの友達として大切なことを訊いた。

「ルイン、今あなたの中にノイズはある？」

ルインは唇を小刻みに震わせて、リッカの質問にきちんと答えた。

ルインらしく。

「はい。とても大きなノイズが生じています。このノイズは、私が感受しているものなのでしょうか。ルインは今、このノイズにひどく動揺しています」

「いいんだよ。何もおかしなことはない」

リッカはルインの肩を抱いて、この悲しい部屋を後にした。

──わたしたちは二人で一つ。運命共同体なんだからね。

かしゃん。

城を出たとき、リッカのくぐつ人形が、リッカの腕に抱きついて甘える素振りを見せた。

千年戦争アイギス　白の帝国編
―皇女殿下の里帰り―
むらさきゆきや

第一章

王城の一室。

開けた窓から入ってきた風は、新緑の香りを運んできた。

赤毛の女の子がベッドのうえで手足をぴんと伸ばす。

「ひーまーかーもー」

頭には角があり、唇の端には牙がのぞいていた。

古代炎竜（エンシェントフレイムドラゴン）の末裔（まつえい）――シャルムだ。

母親は人間なので、半人半竜である。その姿は人間に近いが、頑強さも腕力も竜のようだった。

一応は《竜皇女（ドラゴンプリンセス）》と名乗っているが……

ベッドのうえで、ごろごろと転がる姿には微塵（みじん）も威厳がなかった。

竜にも皇女にも見えない。

そんな駄目プリンセスを見下ろし、低い声をこぼす少女がいた。

「暇、ですか……いいことを聞きました。ならば今すぐ訓練に戻ってください」

艶(つや)やかな黒髪と冷ややかな目つき。

氷のような印象があるが、彼女は風の精霊を操る《風霊使い(エアエレメンタラー)》で、名をハルカという。

すでに正規兵として任官されているが、今でも帝都砲術士官学校の制服を着ていた。

白の帝国には、風霊使いの軍服などないから支給されなかったのだ。

しかも、今は王国に派遣されている。

うっかりすると自分が白の帝国の軍人であることを忘れてしまいそうだった。

だからこそ、平時にあっても規律を重んじなければならない。

――だというのに！

シャルムはベッドのうえで転がっていた。

「訓練、きーらーいー」

「そんなことだから、火球を放つとすぐ息切れするんです！」

「ぶー……ちょこっと休めば、また撃てるもん」

「貴女(あなた)の休んでいる時間は〝ちょこっと〟ではないと思うのですが？」

「ハルカが短気なのよ」

「む……」

たしかに、自分はせっかちな性格かもしれない。

しかし、今の世は地上に魔物が溢れている。いつ命を奪われるかもしれない危険な世界だ。生きるために時を惜しむのは普通の感覚だろう。シャルムのように日々を暢気に怠惰に無為に過ごしているほうがオカシイ、とハルカは思うのだった。

竜族は人間の何倍もの寿命があるせいか、ときどき悠長すぎる。ぼんやり過ごすと四年ばかり経っていたりするのだった。

ベッドを舞台に二人が言い合っていると――

部屋の扉が開き、もう一人の少女が入ってきた。

銀色の髪にリボンを結び、軽装鎧に身を包んでいる。

「フォルテは午前の訓練を終えて、戻ってきた――と報告する」

「ああ、おつかれさま……えええーっ⁉」

振り向いたハルカは、思わず悲鳴のような声をあげてしまった。

銀髪の少女――フォルテの服が派手に破れ、あられもない姿になってしまっている。

今にも胸元が見えてしまいそう。

「なんて格好してるんです、フォルテさん⁉」

「あー……訓練で、引っかけて」

「またですか」

「問題ない。服が破れようと、フォルテは戦える」

「だめのだめだめです！　そんな肌を露にしていたら存在を許してくれないオトナがいるんです！」

「は？　フォルテはフォルテなのに服くらいで……」

「規制、もとい規則は規則です！」

彼女が困ったような顔をする。

「……着替えがない」

「また洗濯してないいんですか⁉　だから、あれほど――」

「くっ……困った。フォルテは午後の訓練に行かなければならない。本当に服を着なくてはだめ？」

「裸で何の訓練する気ですか」

ハルカは呆れた声をこぼした。

ベッドのうえで、シャルムがケタケタと笑いながら。

「じゃー、あたしの服を貸してあげる！」

そう言って、彼女は緋色の服を脱ぎだした。

「助かる」

とんでもない、とハルカは首を横に振る。

「シャルムさんのは子供サイズの服じゃないですか⁉　フォルテさんが着たら、大変なことになってしまいます！」

破れかけた服どころではない。

シャルムが苦々しい顔をして自身の控えめな胸元をなでる。

平地。

「ぬぬぬー」

フォルテが同じようなしぐさで、持ち上げた。

ぽよんぽよん。

「……こぼれるか」

「なんだとー‼　着てみなきゃわからないでしょー⁉」

「無理と断定する。フォルテのおっぱいは、そんなに小さくない」

「小さいって言うなー」

半裸で飛びかかったシャルムの怪力で、フォルテの破れかけの服がトドメを刺される。

止めに入ったハルカも巻きこまれた。

ぎゃーぎゃーとやっていると――

「……貴君らは体力が有り余っているようだな、訓練が物足りなかったか？」

冷ややかな声を投げかけられて、三人は動きを止めた。

錆びついた機械のような動きで視線を向ける。

上官である軍師レオナだった。

肩をすくめる。

「ふぅ……規律を重んじる白の帝国の兵士である貴君らが、派遣先である王国のリベラルな気風にすっかりたっぷり馴染んでいるようで、本当に喜ばしいかぎりだ。涙が出そうなほどにな」

「あぐっ」

ハルカは慌てて立ちあがると、制服のスカートをはたいて整え、踵を揃えて敬礼した。

フォルテも起立する。

シャルムは床に転がったまま唇を尖らせていた。

——古代炎竜の末裔である竜皇女シャルム。

風霊使いハルカ。

そして、人造神器ブルトガングを操る封印剣士フォルテ。

彼女たちは、白の帝国に所属しているが、今は王国に派遣されてきていた。

白の帝国は軍規にとても厳しい。

対して——英雄王の末裔たる王子はおおらかな性格らしく、それはもう規則のゆるやかな国となっていた。配下には多種多様な人種や種族、魔物や魔神までが属している。

当然、小さな衝突は日常茶飯事だ。

それでも、王子の人望により集まった者たちだからこそ、どうにか組織として成立しているのだった。

「さて……」

冷ややかな声のまま、レオナが部屋に入ってくる。

ハルカとフォルテは直立不動。

シャルムだけは床で寝転んだままだった。

「おなか減ったかもー」

「まぁ……貴君らに規律は求めまい。そもそも白の帝国の軍規に収まらない人材だからこそ、王国に派遣されたわけだからな」

「そんなことは……」

ハルカは否定しかけるが、言葉を呑みこんだ。

白の帝国には精霊使いがいない。

王国にはいるから、戦い方などを学んでくるよう言われてきた。

たしかに得るものは多かったが……自分が帝国の枠組みに適合していないことも、思い知らされたのだった。

けれども、ハルカは皇帝陛下を信奉している。命の恩人だ。

いつか彼の役に立つと誓った。

こんなところで軍師レオナの反感を買っては、活躍の場に立つことすらできなくなってしまう。

ハルカがあれこれと脳裏に巡らせている横で――

ケラケラとシャルムが笑った。

「レオナもそーゆー理由で、この王国にいるんでしょー？」

「フンッ……私は軍規を乱したことなどない。陛下の意向を王子に伝えるために派遣されたのだ。軍師不足の王国軍に必要とされたことも、一因だがな」

「ホントぉ～？」

「むっ……」

レオナが苛立たしげな顔を見せる。

フォルテは話を聞いているのかいないのか無表情無反応。

ハルカは内心で焦り倒していた。

またお説教かと思ったが……

レオナが咳払いひとつして、話を進める。

「喜べ！　未熟者、半端者、食み出し者の貴君らに、栄誉ある任務が与えられた。これは陛下による直々の勅命であり、すでに王子からの快諾も得られている」

「勅命……⁉」

正直、皇帝はもうハルカたちのことなど忘れているのではないか――と不安に思っていた。

王国に来てから長いし。

さほど帝国へ貢献できていないし。

規格外の自分たちを、王国への派遣という形で厄介払い（やっかいばらい）したのではないか？　などと考えてしまうこともあった。

それなのに、勅命！　下されるだけでも名誉なことだった。

レオナが言う。

「陛下の生誕を祝して《白天祭（はくてんさい）》が行われる」

「え？」

「なんだ、何か不服かハルカ？」

「と、とんでもありません！　ただ……何年も行われていなかったはずなので……」

「そうだな。先帝は生誕祭など興味なかった。そして、今の陛下もな」

ハルカの知っている皇帝は、そういう人物だった。誕生日をお祝いされて喜ぶ性格ではない。

即位の儀も、建国記念も〝有事につき中止〟の一言で済ませてきた。

「何かあったのでしょうか？」

「白天祭にかぎらず、帝国における祝賀祭典というのは、そもそも女神への信仰を示す神事だ。信心深い連中からすれば〝女神をないがしろにするのはケシカラン〟というわけだ」

白の帝国は女神アダマスを信仰している。

そして、信心深い連中というのは、旧王家とその派閥の貴族たちだろう。権力争いの面もあるわけだ。

ハルカは眉をひそめた。

「国がなくなったら、威張る相手もいなくなるというのに……」

「とはいえ、先日の国難を退け、今は大きな戦もない。さすがに〝有事〟という言い訳は使えない」

「しかし、帝国は今でも……」

日夜、魔物たちと戦っている。

「そのとおりだ、が――帝都にいる王侯貴族たちが納得すまい。それに、皇帝陛下が女神へ祈りを捧げることで安堵する民がいるのも事実だ」

ハルカは首肯した。

不安に満ちた時代だ。信仰に心を支えられている人は多い。

ふふん、とシャルムが鼻を鳴らした。

「女神なんて頼りにしてもねー？」

うむ、とフォルテがうなずく。

「天使は言った――生き残りたければ自らが武器を取れ、と。未来は戦って勝ち取るもの」

　レオナが腕組みした。

　豊かな双丘が、たぷんと腕に乗る。

「貴君らの主義主張は措いてだな――勅命だ。白天祭へ王国にいる要人が招待された。貴君らにはその護衛任務が与えられている」

「ようじん～？」

　シャルムが首を傾げた。

　話が進まないので、ハルカは彼女をフォルテに預ける。

「今、この王国にいて陛下の生誕祭へ招待される要人といえば……リィーリ皇女殿下ですよね」

「察しがいいな」

　公式には記録されていないが、皇帝陛下の妹君だ。

　ハルカたちは王国に派遣されたため、その事情を説明されていた。

　――魔神ダンタリオンが、皇帝の母親にむりやり産ませた子。

「殿下は帝国としては存在しないことになっている。知っている者は多いから、公然の秘密というやつだが……虎の子の飛空艇を使うわけにはいかない」

「飛空艇でお連れするのでは？」

　魔神によって大勢が殺された。

恐怖の象徴だ。

どれほど事情があろうと、皇帝の妹が魔神などと受け入れられない者は多いだろう。民も貴族も。

白の帝国内には居場所がないからこそ、陛下は唯一の家族を王国へ預けている。

「たしかに、難しいですね」

「帝都の部隊を動かすのは、もっと難しい」

「だから私たちに……」

「貴君らは王国に派遣されているから、白の帝国軍の指揮下から外れている。なにより、旧王家の派閥と無縁だからな」

話を聞いていて、ハルカはふと嫌な予感に襲われる。

「あの……レオナ様、護衛というのは、もしかして……私たちだけ……ですか？」

「ほほう？　他に候補がいるなら、ぜひ教示いただきたいな」

「殿下の護衛を三人で⁉」

「あの王子にこれ以上の借りを作れまい？　なにより、帝都に戻ったときに目立っては困るのだ。わかるな？」

「ううぅ……」

返す言葉もなかった。

床に転がっていたシャルムが、唐突にジャキンと立ちあがり、えらそうな口調で宣言する。

「リィーリは友達で、コウテイは旦那だもの、あたしが守ってあげる！　妹を連れてってあげるわ！」

レオナが一瞬だけ苛ついた顔をしたのを――ハルカだけは見逃さなかった。

怖い。

「貴様が陛下の何であるか自称するのは、不敬ではあるが、許そう。自称するだけならば」

「夫婦だもーん！　コウテイとは裸で寝たし！」

「なっ……⁉　いや、陛下のことだ、貴様など犬猫も同然――どうせ本当に寝ただけであろう」

「う？　寝た……よ？　うん」

聞いていたハルカまで安堵する。

言葉どおりの意味だったか。

フォルテが首を傾げた。

「……〝寝る〟とは睡眠のこと。本当に寝ただけ？　睡眠だけじゃないことがある？」

思わずハルカは赤面してしまった。

シャルムがハッとする。

「そういえば！　ミルフィアが言ってた……かも！」

陛下の部隊にいた、手癖の悪い神官の名前だ。白の帝国の軍人らしからぬ悪癖の持ち主だとか。

妙なときばかり好奇心を見せるフォルテが乗っかった。

「何と？」

「ニンゲンはねー。オスとメスが子供を作るんだけどー」

「ふんふん？」

「なんか棒と輪っかがー」

脱線した話が山を登りはじめたあたりで、とうとうレオナが声を荒らげる。

「急げ！　白天祭は十日後だ！　さっさと準備をしろ！　兵がおしゃべりして殿下を待たせるんじゃない！」

尻を蹴り上げられ、ハルカたちは大慌てで旅の準備に取りかかるのだった。

†

リィーリは少し背が伸びた。

そして、美しくなった。

この王国に来てから仕立て直した衣装は黒いドレスだ。この時代には高価なレースやフリルが多く使われている。

白い髪がより白く輝いて見えた。

王城の中庭にある籐編みのチェアに腰掛け、静かに紅茶を飲んでいる。

その姿は、見かけた者がことごとく足を止め、額縁に入れたら絵画として飾れそうな美しさだった。

ハルカは中庭へ繋がる入口から見つめ、思わずため息をこぼす。

今は一人で訪れていた。

本来ならば護衛を命じられた三人で来るべきだったたが、シャルムがいると落ち着いて挨拶もできない。

とはいえ、シャルムは放っておくと何をするかわからない。だから、お目付役をフォルテに任せたのだった。

ハルカが最初に訪ねたリィーリの居室は留守で、お世話をしているメイド——アイリーンから居場所を聞いて来たのだが……

「ううう……」

まるで名画を汚すかのような気がして、声が掛けられなかった。

他人を寄せ付けない雰囲気は、かの白の皇帝を思い出させる。さすがは兄妹ということか。

どうしたものかと中庭に視線を巡らせていると、大樹の陰に立っている者を見つけた。

銀色の髪の女騎士だ。

天馬騎士（ペガサスナイト）。

あまり話したことはなかったが、たしか元帝国の女性だった。

たしか、名を──イザベル。

目が合った。

ハルカは敬礼する。

「白の帝国、第十三軍所属。風霊使いハルカです」

「……敬礼は必要ありません。私はもう白の帝国を出た……裏切り者ですから」

そういえば──と内心でこぼした。

王国に派遣されたとき、軍師レオナから王国の状況や主立った人物について教えてもらった。

イザベルは亡国の騎士で、白の帝国に拾われた。

新参者を重用すると古参から反発があるため、公式の場では皇帝と関わることはなかったらしい。

しかし、レオナによると──リィーリの話し相手を任されるほど信頼されていたそうだ。リィーリは存在すら秘密だったから、もちろん非公式だったが。

どうにか皇帝に恩返ししたいと考えているハルカとしては、共感しかねる。正直なところ嫉妬（しっと）心さえ湧いた。

余計なことと自覚しつつも、つい尋ねてしまう。

「公ではなくとも陛下の信を浴していながら……なぜ王国へ降ったのですか？」

唐突な問いに、イザベルは驚きつつ――

答える。

生真面目(きまじめ)な人だった。

「帝国は魔物を全て滅ぼすと言いながら、軍事に魔物を利用しています。それは矛盾ではありませんか？」

「矛盾ですね。しかし、この王国には、帝国とは比べものにならないほど多くの魔物がいるようです」

「王子は人々を守るために戦っています。魔物の撲滅(ぼくめつ)は唱えていません。むしろ共存の道さえ探しているように見えます」

それはハルカも感じていた。王子は意図を語らないから、本心まではわからないけれども。

「イザベルさんは祖国を魔物に滅ぼされたと聞きました」

「…………はい」

「私も故郷を魔物に滅ぼされました。魔物を全て倒す、という陛下の御言葉を信じて私は戦っています」

「白の帝国は権力の拡大だけを目的として、人々を魔物から救うことは二の次かもしれませんよ？」

「結果的に魔物たちが消えるなら同じことです」

「私の祖国の為政者たちは——言葉では人々を守ると口にしながら、あれこれ言い訳を重ねて国防を後回しに……結果、魔物に滅ぼされました。偽りの言葉とは恐ろしいものです。〝やらぬ〟と言うなら説得もできますが〝やる〟と言いながらやらぬ者とは対話すらできません」

祖国を失ったとき——ハルカは両親に守られるだけの子供だった。

イザベルは部隊を預かる騎士団長だったらしい。立場の差が、為政者に対する考えの違いになっているのだろう。

しかし、否定的な言葉を並べながらも、イザベルの口調からは〝迷い〟が感じられた。

ハルカは問う。

「そのように白の帝国に否定的な立場を取っていながら……なぜ、イザベルさんはリイーリ殿下の警護をなさっているのですか？」

「け、警護などしていません！」

「帯剣までして？」

「これは……いついかなるとき何が起きようと対処できるように！　軍人として当然のことです」

「なぜ、中庭におられるのですか？」

「私は考え事をしていただけです」

頑として認めなかったが、イザベルの振る舞いは警護にしか見えなかった。

王国では人間も魔物もさほど争いなく共存している――とハルカは目にはしているけれども、リィーリは白の皇帝の妹君だ。

政治的に微妙な立場である。

帝都でも命を狙われたことがあるらしい。

「ふふ……リィーリは一緒にお茶したいですよ？」

不意の声に、イザベルもハルカも慌てて顔を向けた。

「あっ」

「殿下……」

話し掛けてきたのは、なんとリィーリだった。

彼女が微笑(ほほえ)む。

「今日こそ一緒にお茶しませんか、イザベルさん？」

対照的にイザベルの表情は硬くなった。

「……私は、皇帝陛下を信じられなくなり……白の帝国での立場を捨て、貴女のことも放り出しました」

「いろいろ事情があったんですよね。リィーリも今は王国にいる身です」

「殿下は仕方なく……」

「イザベルさんだって、全て望みどおりではないでしょう?」

「くっ……」

たしかに、誰しも思いどおりには生きていない。

そして、こんなリィーリだからこそ、イザベルは陰ながら守りたいと考えているのだろう。

苦悩する天馬騎士が深々と頭を下げた。

「本日は来客があるようです。私は失礼いたします」

言い訳に使われたハルカは目を丸くする。

「ちょっ……待っ……」

呼び止めるも振り返ることすらなく、イザベルは中庭を出ていってしまった。

酷い。

もともと一人で訪ねるつもりではあったが、こんな形は予想外だ。

ハルカは気まずさに表情を引きつらせる。

「あ……あの……」

「貴女は?」

「白の帝国、第十三軍所属。風霊使いハルカです」

「ああ！　レオナさんから聞いています」

「え？」

どう評されたものか。気になるけれども、聞くのが怖いような……

にこにことリィーリが言う。

「にいさまが、大怪我(おおけが)もいとわずに軍へ招き入れた優秀な方だそうですね！」

「うっ⁉」

ハルカが風霊使いであることを自覚する前――まだ学生をやっていたとき、暴走した風霊が皇帝を攻撃した。

レオナからは〝自分が同行していれば刺殺していた〟と怖い顔で言われたものだ。

冷や汗が背筋をつたい落ちた。

ハルカは話題を変える。

「わ、私と仲間たちで、殿下を帝都まで護衛いたします！　白天祭へ参加なされると伺(うかが)いました」

一瞬、リィーリの表情が曇(くも)った。

「……にいさまの、ご迷惑にならないでしょうか？」

正直なところ、わからない。

去年まで行っていなかった祭典を開催し、そこへ公式には存在しないことになっている妹君を招く。

──どれほど大変だろうか？

陛下が命を懸けるほど大切にしながら、半年も会えていない家族だ。

──どれほど会いたいだろうか？

皇帝の心情であるとか、周りの人々との関係であるとか……移民で一兵卒のハルカには答えられない質問だった。

それでも、断言する。

「陛下がリィーリ殿下のことを迷惑に思うなんて、ありえません！」

自分が知っている白の皇帝は、妹君を守るために全ての魔物を倒すと宣言するような人物だ。

リィーリの瞳がうるむ。

「ありがとう、ハルカさん」

目元をぬぐって、彼女は笑った。

翌日──

ハルカたちは朝早くに王都を発つのだった。

第二章

街道を馬車が進む。

どこにでもあるような幌馬車だ。

荷馬車ではないから板バネくらいは着いているが、座席は板張りで長く座っていると尻が痛くなる。

リィーリは白の帝国の皇女であるから、本来ならば白塗りに金装飾の箱馬車くらい用意されるべき立場だった。しかし、護衛が三人では山賊に目を付けられるだけ危険である。

結果、四人とも固いベンチに座っていた。

ハルカは士官学校で最低限の馬術を教わっているが、大きな馬車で何日もの旅程となると不安しかない。

荷物も多い。

魔物が徘徊する国境には宿駅などないから、人数ぶんの食糧と水が必要だ。

そして、お城のパーティーに出席するとなると、リィーリの衣装だけでも相当な荷物になる。

必要なものは皇帝が用意しているだろうけれども、身ひとつで帰郷なんてしたら〝王国で冷遇されているのか〟と心配されてしまう。

貴人には貴人の気苦労があるものだ。

かくして、今回は四頭立ての中型幌馬車を王子から借りていた。四頭立てとなると、もうハルカの手には余るから、御者だけは専門の訓練を受けた者に頼んでいる。

草色の髪を三つ編みにした少女だ。

歳はハルカと同じくらい。

名をユッタという。

帝国人である。

肩書きは料理人なのだが、白の帝国では輜重兵の一員なので、馬車の扱いにも長けている。

馬車を進めること三日目の昼過ぎ――

御者台からユッタが声を掛けてくる。

「ハルカさん、そろそろ国境を越えますよー。お酒に……じゃなくてお昼にしましょうか？」

「お酒はダメですよ」

「あ、当たり前じゃないですか～。飲酒して馬車を引くなんて軍法会議モノですよ～」

声が震えていた。

ユッタは〝肉を食って酒を呑みましょう！　人生の価値なんてそれだけです！〟と王子に言い放った——という噂を聞いている。

信用はしているが、用心は必要だった。

念のためにハルカは問う。

「リィーリ殿下、この先で休憩にいたします。お食事は取れそうですか？」

「ええ、もちろんです、ハルカさん」

街道を外れ、川の畔に馬車を駐めた。

ユッタが食事の用意をする間、ハルカは馬たちに水と秣を与える。

フォルテは川へ水汲みに。

意外なようだが、リィーリの傍らにはシャルムがついていた。シャルムは宣言どおり自分が守るつもりらしい。

ほどなく、ユッタが昼食を用意してくれた。

「どうぞ、燻製肉と麦酒セットです！」

「お酒じゃないですか⁉」

「おっと！　つい癖で」

「用意しているときに気付いてください」

「ハルカさん、私はプロなんですよ」

「え？　ええ……」

「用意しようと思ったときには、もう用意し終えているんです！　お酒を」

実はもう酔っているのではないか——とハルカは疑惑の眼差しを向けてしまった。

ため息をつく。

「もう、いいですから、お酒は片付けてください——呑もうとしないで！」

「あはは……いや～〝お酒を片付けて〟なんて言うから、つい」

「やはり陛下に報告を」

「あわわ！　すぐ水を用意しますー」

彼女は慌てて駆けていった。

くすくす、とリィーリが笑う。

「楽しい方なんですね、ユッタさんって」

道化ではなく料理人なんですけどね——とハルカは思ったけれども、口には出さないでおいた。

用意された燻製肉は簡素ながら味わい深く、添えられた手作りドライフルーツも野外料理とは思えない美味しさだ。言動はともかく腕は確かだった。

「…………」

静かに燻製肉をかじっていたフォルテが、ハッと傍らに置いた両刃剣に手を伸ばす。

ほぼ同時に、シャルムが立ち上がっていた。

「魔物のニオイよ！」

「えっ⁉」

ハルカは驚いて腰を浮かせる。

女性の悲鳴が聞こえた。

街道を逃げる女性と、それに追いすがる影が――

「魔物に追われてます！」

ハルカが叫んだときには、もうフォルテが駆け出していた。

速い！

追いかけていたのは、灰色の肌に獣のような牙を持ち、簡素なものだが武器まで操る小鬼――ゴブリンだった。


～街道の魔物～


棍棒（こんぼう）を振り回すヤツや、石を投げてくるヤツ。どいつも凶暴で、何より数が多かった。

フォルテが剣で薙（な）ぎ払（はら）う。

「ハァァァー‼」

向かってくる魔物を次々と斬り捨てた。

「ギャギャギャギャギャギャ⁉」

今度は、ゴブリンたちが慌てる番だ。

フォルテの使っている両刃剣は《人造神器ブルトガング》という。遥かな昔、地上に降りた天使が、魔物から人々を救うべく造り方を授けた武具。

フォルテの剣技も上達している。か弱い女性を追い回していただけのゴブリンたちなど、あっさり撃退する。

「……任務完了」

ハルカが街道へ辿り着いたときには、もう終わっていた。

どうやら、襲われていた人は無事のようだ。

†

「ありがとうございます！」

息も絶え絶えな女性が、深々と頭を下げる。

「ご無事で何よりです」

「スープをどうぞ」

ユッタの差し出した木皿を受け取り、彼女はまた頭を下げた。

「私は植物学者で、メニエーラといいます。危ないところを助けていただき、スープまでいただいて」

「学者さんでしたか」

ハルカたちは予定通り〝旅の商人〟と自称した。

リィーリの素性を話すわけにはいかないし、軍人だと言っても信じてもらえるか怪しいからだ。

メニエーラは一応は納得してくれた。

そして彼女は語る。

「——実は、この近くの遺跡にとても珍しい花が咲いているらしく、その調査に来たのです。ですがゴブリンたちに襲われて案内役とはぐれてしまって……」

彼女の話に興味を持ったのはリィーリだった。

「珍しい花……ですか？」

「はい。千年花という、とてもとてもとーっても珍しい花です。千年に一度しか咲かないという花が、ちょうど咲いている——という噂がありまして」

あやふやな情報だ。

それでも、次の言葉に少女たちは色めきだつ。

メニエーラは語った。

「千年花を贈ると、たちどころに相手の恋心を射止められる——らしく」

いきなり150％である。

由緒ある古文書に記されており、まったく根拠がないとは考えにくい、と彼女は言い添えた。

ハルカは腰を浮かせる。

「そ、そんな花が本当にあるんでしょうか？」

「どうでしょう？　信用できる人からの情報ではありますが、調査してみないと確かなことは言えません」

リィーリが頰に手を当てた。

「素敵ですね。想いを伝えることができる花なんですね」

「はい、とても素敵な花なのです」

フォルテは首を傾げる。

「〝恋心を射止める〟それは重要なこと？」

「大切に想っている相手に、自分のことも大切に想ってもらえる。それは重要なことではありませんか」

「あ……うん。それは良いとフォルテは思う」

まるで戦闘マシーンのような彼女だったが、意外にも想い人がいるのか。何度もうなずいていた。

シャルムは腕組みして尋ねる。

「それ、モンスターにも効くの？」

「試したことはありませんが、古文書によれば〝種族も性別も問わない〟らしいです」

「スゴイじゃない！」

　メニエーラが得意げに胸を張った。

「ええ、スゴイんです！　だからこそ命懸けで調査に来たんですから」

　ところが、すぐに肩を落とす。

「ハァ……よりによって遺跡の近くにゴブリンの巣があるなんて……このままじゃ調査ができません」

　リィーリが、ぽんと手を合わせる。

「いっしょに行きましょう！」

「へえっ⁉」

　思わずハルカは奇声をこぼしてしまった。

「ふふっ……リィーリは、ずっと考えていたの。お誕生日にはプレゼントをするものでしょう？　でも、にいさまは必要な物なら、何でも自分で手に入れると思うの」

「そうでしょうとも」

　白の皇帝が欲したならば、人間が手にできる物ならば何であれ誰かが用意することだろう。

「でもね、とってもとってもとーっても珍しい花なら、きっと持ってないわ。スゴイ花なら嬉しいんじゃないかしら？」

「……なるほど」

千年花を贈って、実兄の恋心を射止める——という意図ではないらしい。

一瞬、邪な妄想をしてしまったハルカは、ひそかに頰を染めた。頭を振って邪念を振り払う。

メニエーラが満面の笑みを浮かべた。

「もしかして、一緒に探していただけるのですか⁉」

「ええ、ぜひ！」

リィーリは乗り気だ。

待て待て——とハルカは頭の中で計算する。これでも商人の娘だ。損得勘定は得意である。

今は護衛任務の真っ最中。

困っている学者を放ってはおけない。

千年花は気になる。

しかし、やはり任務の途中で、寄り道なんて——

「危険なのでは？」

「……リィーリはね、にいさまに助けられてばかりだから……なにかひとつでもお役に立ちたいなぁって思うんです。なかなか会うこともできなくなってしまったから、前よりももっと……」

「行きましょう！」

　計算など吹っ飛んでいた。

　ハルカも同じように〝陛下の役に立ちたい〟という気持ちを抱いていた。同じ悩みを持っていた。気持ちが痛いほどわかってしまう。

　少し離れて様子を見ていたユッタが、目を丸くする。

「行くんですか⁉」

　リィーリがうなずいた。

「ええ、千年花をにいさまに贈りたいんです」

　うんうん、とメニエーラがうなずいた。

「絶対に喜んでくださると思います！　ゴブリンさえいなければ、調査には半日もかかりません」

　ハルカたちであれば、さすがに野良ゴブリンに後れを取るようなことはないだろう。

　白天祭まではまだ七日ある。

　ここから帝都までは馬車であれば、五日かからない。

　たとえ寄り道をしたとしても、充分に間に合うはずだった。

　ユッタが木彫りのコップを傾ける。

「ふーん……まぁ良いんじゃないですか？　お酒を呑む以外のことは全て人生にとってオマケですから」

遺跡までは森の中を行く。

馬車には川辺で待ってもらうことにした。

ユッタは留守番だ。

†

～ゴブリンの森～


薄暗い森の中、次々と褐色（かっしょく）のゴブリンたちが襲ってくる。

今度はシャルムが前に出た。

彼女は炎を操る古代炎竜（エンシェントフレイムドラゴン）だ。炎から生み出した剣を振るう。

「てぇいやッ！」

「ギャギャギャギャ⁉」

ゴブリンのことを紙のように切断し、さらに燃やしてしまう。その攻撃力は、並の兵士とは比べものにならない。

ところが――

ゴブリンを燃やした炎が、なんと周りの木々にも飛び散ってしまう。

ハルカは慌てた。

「ば、ばかシャルム、森が燃えちゃう！」

「あわわ⁉　どうする、どうする⁉」

「くっ……風霊よ！」

ハルカは水晶に魔力を注いだ。

頭上に風が渦を巻く。

そして、突風の刃が生じた。

燃え広がりそうな木々の枝葉を吹き飛ばし、どうにか火の回りを収める。

メニエーラが興奮気味に喝采をあげた。

「素晴らしいです！　皆さん、本当にお強いのですね！」

フォルテが、ぱちぱちと手を叩く。

「風霊にそんな芸当ができるなんて……」

「いえ、あの……火を消すなんてことやってもらったのは初めてです」

シャルムが腕組みした。

「ふふん、まあまあヤルじゃない？」

「なにを偉そうに。そもそも、シャルムさんが考えなしに炎剣なんて使うから！」

「あっ、ほらアレが遺跡じゃないの⁉」

話を逸らされた。

木々を燃やしたり、切り裂いたりしたから、視界が通ったらしい。

メニエーラが指差す。

「間違いありません！　あれが古文書にある遺跡です！」


古代の遺跡――

巨大な石材が積まれた建造物だ。

元は神殿か。

ところどころ崩れており、奥へ向かう通路が瓦礫で塞がれている。

リィーリが残念そうな顔をした。

「これじゃ、お花を探せそうにありませんね？」

メニエーラが進み出る。

「いえいえ……この表層部は、そもそも無価値です。街道の近くにあるような遺跡ですから、上の調査はもう終わっています」

「そうなのですか？」

「重要なのは、こちら――」

崩れた祭壇のような場所に、メニエーラが立つ。

床の砂を手で払い、なにやらブツブツと言葉を紡ぐと……

地面が揺れた。

ハルカは思わず声をあげてしまう。

「リ、リィーリ殿下！」

「ハルカさん！」

庇ったものの、すぐに揺れは収まった。

シャルムが背中の翼を使って、高くまで飛びあがる。祭壇の先を目にして叫んだ。

「花がある！」

†

～遺跡の花壇～


折り重なって倒れた柱、崩れた壁や祭壇。

それら瓦礫を乗り越えた先に、遺跡の中庭らしき場所があった。

中央には円形の池がある。

その水面から、色の薄い茎を伸ばして――

紅い花が咲いていた。

ハルカたちは池の前まで駆け寄る。

「本当に、この花が……⁉」

「シャルムが見つけた！　シャルムが見つけた！」

「……取る？　取ってみる？」

シャルムやフォルテも興奮気味だった。

リィーリが振り返って尋ねる。

「メニエーラさん、これが千年花なのかしら⁉」

彼女はまだ瓦礫の上にいた。中庭を見下ろすようにして――笑う。

「ふふふ……それは、まだ千年花ではありませんよ」

ハルカは引っかかりを覚えた。

「まだ？」

「千年花は、たしかに咲きます……が、そのためには、その紅い花の開花だけでは足りないのです」

「……足りない？」

何が必要だというのか？

変だ。

メニエーラの雰囲気がおかしくなっていた。先ほどまでの親しげな態度とは打って変わって、声は低く、表情は冷たい。

敵意？

むしろ、もっと邪悪な気配だった。

フォルテが抜剣する。

「人じゃない、な？」

「ふふふ……失礼ね、私は人間ですよ。《遺跡の魔女》と呼ぶ者もいるけれどね」

その言葉と同時に池の水が渦を巻いた。

何者かが浮き上がってくる。

水飛沫をあげて、池から出てきた巨体は――

白銀の巨兵。

機械仕掛けの遺跡の守護者。

ハルカは士官学校で習ったから知識だけは持っていた。知っているからこそ、息を呑んだ。

血の気が引いて、身がすくむ。

「ミ、ミスリルゴーレム……⁉」

動きこそ緩慢ではあるが、その一撃はあらゆる強兵を圧殺するという。

シャルムが前に出た。

「なにこいつ？　敵なの？」

「ばかシャルム！　逃げなさい！」

彼女には翼がある。

最悪の場合、リィーリを抱えて逃げてもらえれば——とハルカは思考を巡らせた。

メニエーラが鼻で笑う。

「フッ……無駄です。そのゴーレムは空を飛ぼうとも逃がしはしません」

ミスリルゴーレムは、その拳による近距離攻撃を上回るほど強烈な、遠距離攻撃を備えている。

絶望的な状況だ。

罠だ。

メニエーラ——遺跡の魔女に、罠に嵌められたということか。

ハルカは歯嚙みした。

「私が風霊で攻撃を引きつけます！　その隙にリィーリ殿下を安全な所へ！」

「そんなのダメ！　逃げるなら、ハルカさんも一緒に！」

民を想う気持ちを尊いとは感じるが、言い合っている暇はない。

シャルムが、リィーリのことを抱きかかえた。

「死んじゃうよ⁉」

飛ぼうとした瞬間、フォルテが叫ぶ。

「上にもいる！」

周囲を囲むようにして積み重なった瓦礫の山——その上にも、ミスリルゴーレムが姿を現した。

フシュー、フシュー、と装甲の隙間から蒸気を噴き出す。まるで猛獣の呼吸のようだった。

ガラスの目玉が、リィーリのほうを向く。

「ヒッ⁉」

彼女は声を引きつらせた。

メニエーラが歓喜に満ちた甲高い声をあげる。

「千年花の完全なる開花には、命を捧げる必要があるのです！　強く清らかな魂の散華！　大地に広がる鮮血こそが、紅き花――真の千年花なのです！」

彼女が両手を掲げる。

ただの朽ち果てた遺跡だと思っていた場所に、魔法の輝きが走る。円形の池を囲む通路に魔法陣が浮かび上がった。

ハルカの背を汗がつたう。

「どうやら……この遺跡そのものが、人間の命を糧にして千年花を咲かせる装置だったようですね」

地響きが起きる。

それは無数の足音だった。

瓦礫の向こうから、池の中から、地面の裂け目から、さらに何体ものゴーレムが現れる。茶色や黒色の機械仕掛けの番兵たちだ。

メニエーラがうっとりした笑みを浮かべる。

「さあ、悲鳴をあげて、私の美しい千年花になりなさい」

「くっ……風霊よ！」

これらの仕掛けは、メニエーラの声により起動した。それなら、彼女を倒しさえすれば！

賭（かけ）に出るが……

風霊の一撃は、立ち塞がったゴーレムにより防がれてしまう。

フォルテが剣を構えた。

「《封印剣（スキル）》——点火（イグニッション）」

向かってきた小型ゴーレムを斬り伏せる。

シャルムが吠えた。

「《炎剣デュランダル》ッ！　燃えろ、燃えろ、燃えろーッ!!」

火球を飛ばし、敵を焼き払った。

戦える。

それでも、退路は失ってしまっていた。

ミスリルゴーレムはじわじわと近づいてくる。あれは他の小型ゴーレムとは格が違う。

もう三人には余力がなかった。

次々と迫る雑兵(ぞうひょう)から、リィーリを守るのがやっとだ。

まるで処刑台。

打つ手のないまま、とうとうミスリルゴーレムが目の前に迫ってきた。

風霊の攻撃にも、ほとんど傷を負っていない。今のハルカたちの力では、倒すことは不可能だ。

フォルテが対峙(たいじ)する。

「みんなは……フォルテが守る！」

剣を叩きつけた。

金属音が響き渡る。

鋒(きっさき)が、わずかに表面をえぐったか。

しかし、それだけだった。

もともとフォルテの持つ人造神器ブルトガングは、妖怪やデーモンに特化している。

機械仕掛けであるゴーレムとの相性は悪かった。

その後ろから、シャルムが叫ぶ。

「《炎剣デュランダル》ッ！　燃えろーッ‼」

振るった手から、炎の剣が消え失せた。

効果切れだ。

彼女の額には、玉の汗が浮かび、威勢の良さとは裏腹に顔色は青ざめていた。

回復するまでには、かなりの時間が必要だろう。

そんな猶予(ゆうよ)が与えられるはずもない。

リィーリが叫ぶ。

「みんな、逃げてください！」

その命令だけは──誰一人として聞かなかった。

ミスリルゴーレムが拳を振り上げる。

一瞬の間。

必殺の攻撃が降ってくる。

†

フォルテを押しのけるように、影が滑り込んでくる。

漆黒(しっこく)の剣士が、白銀の大剣によって、巨兵の拳を受け止めた。

耳をつんざく音。

「グッ！」

剣士が奥歯を噛んだ。

石畳が砕け、彼の足が沈む。

それでも、漆黒の剣士は倒れなかった。

リイーリが目を見開く。

「にいさま⁉」

ハルカは夢でも見ているのか、と自分の目を疑った。

ああ……と声をこぼす。

それから、泣きそうな声でつぶやくのだった。


「白の皇帝……陛下……ッ」


裂帛の気合いと同時に、皇帝の剣がミスリルゴーレムの拳を押し返す。

「ハアアァッ！」

《アダマスの神器》が輝く。

放たれた閃光が、銀色の巨兵を打ち砕いた。

シャルムが両手を挙げて喝采する。

「やったー‼」

その頃には、瓦礫の背後から、他の兵たちも現れていた。

重装歩兵ドワイトや、天馬騎士クラーラの率いる兵たちが、小型ゴーレムを囲んで倒す。

ひときわ賑やかな声援があった。

「いけー、やれー、かっとばせー!!」

木のコップを片手に、赤ら顔で大声をあげるのは、帝国料理人のユッタだった。もしかして、呑んでいるのだろうか?

少し不安になる。

とはいえ、援軍が来てくれた理由は察した。

彼女が案内してくれたのだろう。

一方――

もう一体のミスリルゴーレムの前には、謎の白い着物姿の少女が立っていた。

頭に三角の耳がある。

「わらわの名はキュウビ。可愛いなどと言うでないぞ? 恐れ敬われる大妖狐なのじゃからな」

ゴーレムの一撃を、ひょいと避けた。

「せっかちなヤツじゃ。わらわが話している最中だというのに」

二度、三度と攻撃を回避する。

そして、キュウビはまるで羽虫でも払うかのように手を薙いだ。

「旧友の頼みゆえ、恨みはないが……もう寝ておるがよい!」

異様な光景だった。

可愛らしい女の子の手が、まるで粘土細工であるかのようにミスリルゴーレムの腕をちぎる。鋼より硬いはずの胴体をひしゃげさせ、頭を砕いた。

メニエーラが悲鳴をあげる。

「そんな⁉　最強の機械兵のはずじゃ……⁉」

彼女の腕を摑みあげる者がいた。

兵長リーゼロッテだ。

「馬鹿者め、いつの話をしている？　兵も武具も日々進化しているのだぞ！」

「あぐっ⁉」

「遺跡の魔女よ、今回の件だけでなく、いろいろと嫌疑がかかっている。帝都まで同行してもらおうか」

「痛ッ、いたたた……私の腕は、そっちに曲がらないのよ⁉」

白の帝国の兵士たちが、メニエーラを囲む。

出現したゴーレムは全て倒された。

†

ハルカたちの前に、漆黒の剣士が立つ。

白の皇帝だ。

「……無事か？」

相変わらず口数の少ない男だった。

問われたリィーリが、目の端に浮かんだ涙を指先でぬぐう。

「はい……はい。にいさまのおかげで……みんな、だいじょうぶです」

ハルカは敬礼した。

「も、申し訳ありません！　殿下を危険な目に遭わせてしまい……」

「それは違います、リィーリが行きたがったの！」

フォルテは直立不動。

いつもなら、まっさきに飛びつくシャルムも、今ばかりは静かにしていた。珍しく空気を読んで——ではなく、体力が切れて地面に寝転んでいただけだが。

皇帝が肩をすくめる。

「……無事なら、よい」

それだけだった。

背を向け、片手を軽くあげる。

傍らにいた女性がひとつうなずいた。

王国に出向している軍師レオナに代わり、今は別の士官——治癒士長アウローラが副官を務めていた。

「全軍、撤収の準備をなさい」

「了解！」

周囲を警戒していた兵たちが、すぐさま隊列を作りはじめる。

ハルカは困惑していた。

「あ、あの……私は……許されたのでしょうか？」

アウローラが厳しい表情で言う。

「当然、軍規に則れば懲罰ものですね」

「うっ⁉」

「ではありますが、リィーリ皇女殿下には怪我ひとつないようです。なにより、皇帝陛下が〝よい〟とおっしゃられたのですから、臣下が異を唱えるなどありえません」

「では……」

「今後も励みなさい」

「は、はい……じゃなかった……了解ッ！」

ハルカは再び敬礼した。

フォルテも同じようにする。

シャルムはまだ寝転がったままだったが。

どうにか生き延びた。

リィーリが皇帝を追いかけていく。

「にいさま！」

「む？」

「ふふ……呼んでみただけです♪」

「……そうか」

ハルカは並んで歩く二人を見送った。きっとあの二人だけはずっと変わらない。周りに居並ぶ兵たちが、どれほど強く様変わりしようとも……家族だから。

「あ、にいさま」

「む？」

「お誕生日、おめでとうございます！」

皇帝が困惑したような顔をした。

ハルカは固唾（かたず）を呑んで見守る。何と返すのか？　シャルムやフォルテだけでなく、治癒士長アウローラまでが見つめていた。

皇帝が眉間にシワを作る。

何やらしばらく考えを巡らせた後、陛下の中でどのような結論が出たものか。

ぽつり、と皇帝が返すのだった。

「ありがとう」

おわり

■ご意見、ご感想をお寄せください。

ファンレターの宛て先
〒102-8177　東京都千代田区富士見2-13-3　ファミ通文庫編集部
ひびき遊先生　仁科朝丸先生　籠乃あき先生　青本計画先生　川添枯美先生
むらさきゆきや先生　一斎楽先生（制作協力・Creative Cluster Group）
坂野大河先生

FBファミ通文庫

千年戦争アイギス

10th Anniversary stories　1825

2023年11月30日　初版発行

◇◇◇

著　者　ひびき遊、仁科朝丸、籠乃あき、青本計画、川添枯美、むらさきゆきや
発行者　山下直久
発　行　株式会社KADOKAWA
〒102-8177 東京都千代田区富士見2-13-3
電話 0570-002-301（ナビダイヤル）
編集企画　ファミ通文庫編集部
デザイン　ビーワークス
写植・製版　株式会社スタジオ205プラス
印　刷　TOPPAN株式会社
製　本　TOPPAN株式会社

●お問い合わせ
https://www.kadokawa.co.jp/（「お問い合わせ」へお進みください）
※内容によっては、お答えできない場合があります。
※サポートは日本国内のみとさせていただきます。
※Japanese text only

ISBN978-4-04-737493-5　C0193

定価はカバーに表示してあります。

フラワーナイトガール

古代シリーズ

全3巻好評発売中！

著者／月本 一
イラスト／Mg栗野

生命の結晶を巡る冒険譚！

人類は害虫との長きに渡る戦いの均衡を破るため、敵の支配領域を押し返す計画を密かに進めていた。団体行動を嫌う花騎士（フラワーナイト）ヤマブキはこの計画に参加することになるも部隊員はアイリス、シロツメクサ、デルフィニウム、ブバルディアと曲者揃い。作戦の成否やいかに!?